清新的原野

Qing Xin De Yuan Ye

[美] 约翰·巴勒斯 John Burroughs 著

祁凯华 肖雪 译

民主与建设出版社
Democracy & Construction Publishing House

图书在版编目（CIP）数据

清新的原野 / (美) 巴勒斯 (Burroughs,J.) 著；
祁凯华　肖雪译. -- 北京：民主与建设出版社, 2016.6
ISBN 978-7-5139-1090-3

Ⅰ.①清… Ⅱ.①巴… ②祁… ③肖… Ⅲ.①游记—作品集
—美国—近代 Ⅳ.①I712.64

中国版本图书馆CIP数据核字(2016)第102659号

书名原文：Fresh Fields
出 版 人：许久文
责任编辑：李保华
策　　划：杜　桢
出版发行：民主与建设出版社有限责任公司
电　　话：(010)59419778　59417745
社　　址：北京市朝阳区阜通东大街融科望京中心B座601室
邮　　编：100102
印　　刷：廊坊市华北石油华星印务有限公司
版　　次：2016年8月第1版　2016年8月第1次印刷
开　　本：32
印　　张：8
书　　号：ISBN 978-7-5139-1090-3
定　　价：32.80元

注：如有印、装质量问题，请与出版社联系。

我的书不是把读者引向我本人,而是把他们送往自然。

——约翰·巴勒斯

作者简介
About the Author

约翰·巴勒斯（John Burroughs）

约翰·巴勒斯，1837年4月3日生于纽约州罗克斯贝里，在卡茨基尔山区的父亲的农场中度过了童年时期。他从小就深受大自然的影响：鸟语的森林、花香的田野、淙淙的溪流、峻峭的山峦，各种习性奇特的动植物等等，都已成为他生命中的一部分。因此，尽管他后来从事过多种不同的职业，可是大自然早已融入到他的精神之中。成年后，他先后做过教师、记者、银行职员。内战期间，他在华盛顿的国家财政部任职，并利用空闲时间写作，还与诗人惠特曼成为好朋友。

1873年，他回到家乡哈得逊河谷的卡茨基尔山区，在那里开辟果园，种植果树，并继续写作，不时远足到邻近的山中观察和研究自然。他在1871年时出版了第一部颇有份量的著作《醒来的森林》（原名为《延龄草》），深受读者欢迎。1874年，他在埃索普斯溪附近买下一个小农场，建起了他的"河畔小屋"。1875年，他又与儿子一起，在离"河畔小屋"不远的山中盖起了"山间石屋"。

在后来的岁月里，巴勒斯的时间几乎都是在这两处贴近自然的乡间小屋中度过，他在那里尽情享受着大自然给他带来的愉快。

目录
Contents

Part1　英格兰的大自然　001

　　1　003

　　2　009

　　3　018

　　4　022

Part2　英格兰的森林：别有洞天　029

Part3	卡莱尔故乡	041
Part4	搜寻夜莺记	069
Part5	英美鸣鸟	099
Part6	英国鸟类印象	117
Part7	华兹华斯的故乡	131
Part8	英国野花一瞥	143

Part 9　英国的沃土　159

    1　161

    2　168

Part 10　周日，切尼路　179

    1　181

    2　208

    3　222

    4　228

Part 11　大海　235

Part 1

英格兰的大自然

雨燕

1

当我们航行在离岸还有几英里的时候，便第一次闻到了来自大西洋彼岸的大自然的味道，那是从爱尔兰农民的烟囱里冒出的煤烟味。多么熟悉，就像家里炉边的气味！这气味似乎能让一些早已被忘却的事情在心中搅动。这是泥土的芳香、成熟的浓郁以及沉淀着古物的香醇，任何人都会承认这是旧大陆特有的气息。我知道没有一种燃料可以像泥煤这样，散发出如此沁人心脾的味道。就算是爱尔兰人的族群逐渐变得小之又小，他们也毫无疑问地会在这种原始燃料散发芬芳时，张大鼻孔，用呼吸感受记忆的觉醒。这肥沃的、油滋滋的泥煤，是成百上千年前的植物生长后的结晶，在先于我们的远古时代就已蕴藏在此，经过岁月的酝酿和累积，历经物种灭绝、文明衰落，目睹了人类勤劳与智慧换来的不可胜数的成就，最终凝结成这一点点精华。

呼吸着从爱尔兰农民烟囱里传来的气息，不久就看见了几只烟囱雨燕，疲惫地落在了汽船的甲板上。这是一种欢迎，且暗含着某种寓意——"维吉尔之鸟"、"忒儿克里托斯之燕"。它们熟知每一间农舍的屋檐与烟囱，熟悉那些破败的修道院和城堡的高墙。如若不是它们胸前的那块浅色的羽毛，长得还真和家燕一模一样。它们头上那"小黑帽"一般的黑色羽毛一直垂到眼睛上面，还有那光滑的铁青色的外套，如剪刀般的尾巴，稚气的双脚，连那叽叽喳喳的声音都是一模一样的。但他们的习性却不尽相同。在欧洲，燕子通常在烟囱里筑巢，而大洋彼岸的家燕和褐雨燕更喜欢在墙缝内、畜棚里、还有家家户户的屋檐下筑巢。

毫无疑问，这艘船的领航员就是这些小小的雨燕。很快，我的猜想就被证实了：这些体态轻盈的航海家总是从熠熠的港口和那片温暖的苍穹滑翔而来。翌日，我们就会发现船行进在海岸之间，并被满满的盛夏阳光包裹。我们这一行人在沙漠般的大海上经过了十天的煎熬和忍饥挨饿后，从福里斯的克莱德海湾逆流而上，到达格拉斯哥。这场旅行中，那五月中旬的清晨，那洒满天空的暖阳，那每一寸泥土上青葱的草木都知道，而且也只有它们才知道这是一段怎样的旅程。我们在苏格兰停靠了几天，等待着阴霾的天空放晴。而当风定天晴之时，我们觉得这几天的等待是值得的，所有好天气里的精神和情感都在此时此地呈现。这是虹消雨雾后盛放的花朵，是穿过雨雾的玫瑰。有人告诉我像这样的晴天也只有在五月才能看到。幸运的是，连续几天我们都被这样的好天气眷顾，而我们驶入港口的那天，更是万里挑一的日丽风清。

我还沉浸在大西洋海湾阴霾散去的欣喜中，眼里的敬仰与喜爱溢于言表。任何情况下，蒸汽船的甲板都是极好的观景台，它有观景所需的两个条件：高度和安静。但即使没有占据甲板的有利地势，苏格兰的晴天仍是美到极致。比起其他通向欧洲的路线，克莱德这条路上的景象是无与伦比的。这就是欧洲，一程白马过隙之际，各种美景在你面前交织消逝，渐行渐远。一边是东北部的高地和湖泊，城堡林立的悬崖峭壁，另一边是东南部的苏格兰低地，园林和农场，庄园主宅第的甬道和无可比拟的碧绿景致。人们的眼光是审慎保守的，喜欢永恒和秩序，喜欢祥和与满足；而这苏格兰海滨，和散落其上的精巧结实的砖石建筑，清新的原野，牧场上的畜群，布满常春藤的墙壁和厚重的叶子，平坦的大道和青翠的群山，都恰如其分地满足了人们挑剔的眼光。我们在格陵诺克小憩一个钟头，然后借力一波海浪，缓慢地朝上游驶去。一幅山水画映入眼帘。你几乎能听到牛在原野上吃草的声音，人们甚至都想亲自去尝一尝这肥美的青草。这里是田园生活的天堂，雏菊和金凤花竞相开放，一阵云雀的歌声从右侧的草地传入耳中。的确，乘坐远洋轮船出海这件事情给人的第一印象，与这一段旅行中间的魅力与新奇可是一点都沾不上边的。很快，我们眼前的景象从茫茫海水变成了生机勃勃的田野，阳光照耀下的风景画中几乎看不到水。当你驶离格陵诺克的时候，克莱德河也似乎只是

清新的原野　Fresh Fields

一条又大又深的运河了，被长满青草的河岸包围着，在远洋轮船的甲板上，有最美丽的田园之景和天籁之音向你致意。在大西洋的海面上，放眼望去是翠绿的园林，大片长满三叶草和谷物的原野。农民们正在忙着播撒种子，栽培植物，开垦农田。飞跃的海豚和阳光下锃亮的箭鱼变成了调皮的小牛和活泼的羊羔。我们徜徉在一片萝卜地和新播种的土豆地里。一般这种情况下，船是需要领航的。船头的牵引绳需要在两边来回不断地拉扯，船尾也是一样需要在两侧牵引。不久，我们来到克莱德的一个造船厂，在这里，田园风景与另一种截然不同的景象奇妙地融合在一起。一位旅行者评价道："一头牛，边上是一艘铁船。"这边还是草地和牧场，或是种着小麦或燕麦的田地，旁边紧挨着就是高耸的数不清的船只骨架，如同郁郁葱葱的钢铁之林，二者之间连一点过渡地带都没有，其中敲敲打打的工人们，就像森林里吵闹的啄木鸟。我很怀疑这般景象还能否在别的地方看到——这偌大的、机械化的商业建筑，与如此恬静朴素的内陆农场相得益彰。从尚未完工的轮船的甲板上跳下，就可以在麦浪与豆子地里遨游。而这些庞大的造船厂就这样安静地坐落在克莱德河畔之上，丝毫没有打扰周边的自然景致。

你会对那些铸造钢铁的车间和工厂毫无头绪，这些船如同在这片土地上生根发芽一样，没有一丝损耗和废物，嘤嘤呀呀地破土而出。船只一艘挨着一艘，就像畜栏里的牛群一样挤在一起，几乎碰触到

Part 1　英格兰的大自然

了彼此。有时"畜栏"内空空荡荡，那是因为造好的船只已经下水，而其余在一旁准备的船只也是一副意气风发的样子，每一根木材都涂了油脂，只等一声令下。两只远洋轮船，都是如此的庞大，等待着我们经过。我们回首看到了那些船只中的一个，被敲掉最后一块楔子后，慢悠悠地下水了，温柔轻快地在水流中漫不经心地滑行。它缓慢的步伐，入水时优雅而从容的姿态着实让人惊叹——仔细地判断研究，干净利落地完成任务，力道刚好，不费多余力气。因为英吉利海峡太过狭窄，这些船只必须以对上游或下游成对角的方向下水。但是目睹世界最大的船队，在如此静谧狭小的河岸上，在如此平静的乡村景色中被打造出来，本身就是一种新奇的体验。但这就是不列颠，一座小岛，有着几汪湖水，几条小河，几片寂静的葱郁的田野，但是其中隐藏着震彻世界的力量。我意识到如此情此景在家乡呈现，也不会有那么赏心悦目了，不会如此地紧凑和整齐。家乡的船坞不会挨着萝卜地；农民和造船工匠不会成为邻居；更不会看到奶牛和蒸汽船在水源地同时出现。我们只是仓促间在这个国家游历了一隅之地，相比欧洲大陆，人类和自然以一种更加细致入微的方式呈现。

　　除此之外，最让我始料不及的就是这静谧的群山。在远处的时候，这些大山好像被包裹着一层柔软的绿霉，好像人们轻轻一挥手就能把它擦掉。更近些的时候，这些绿霉就变成了小草。它们跟田野一样具有乡村气息。戈特山峥嵘险峻，即便如此，看起来也不会

清新的原野　Fresh Fields

荒芜贫瘠。在家乡，人们习惯性地认为一座山要么是荒草不生，怪石嶙峋，悬崖峭壁，要么是长着几簇原始林木的斜坡。但在此，似乎一切都浸泡在永恒的春天的源头，永远充满绿意。我热爱家乡的卡茨基尔山的本来面貌，但我想知道，要做点什么才能让它变得和这苏格兰高地一样。首先我会砍掉所有的树木，修整下凹凸不平的表面，将所有的砾石捣碎，在上面铺上草皮，撒些零星的石子在上面；补上几块黑色代替石南属植物，再加上湿润的气候，或许假以时日，就能让卡茨基尔山与牧羊人的群山有一点相似之处，所有的风景都会发生翻天覆地的变化——会像这片古老的大地一样，温文连绵，气吞山河，又不失顺天致性的和谐。这种和谐也只会在诗篇和绘画中才会出现，更别说在大西洋彼岸的我们，从来没有在旷野中实实在在地观赏到。这片土地给我更多的吸引力在于流逝时光的温情与人类的历史，这种和谐在长年以来的成熟和改善，还有他们对这片在如此温润的气候下形成的肥沃的土地深深的、无限的热爱。

在这幅风景画中，空气中弥漫着的忧郁和怀旧，本身就是一种意料之外、无法言说的诱惑。大自然会在潮湿的空气下变得湿滑圆润，而我们流金铄石的气候只能促使它变得粗糙而严苛。这让我们明白，为什么这芬芳的欧洲大陆总是带有一种诗人和艺术家才有的丰富感情色彩和想象力。这粒时间的果实随着人文素质的提升而日益饱满；随着岁月的沉淀而日益丰盈。

2

比起这大英帝国的名胜古迹,我更倾向于观赏大自然的美景。我想花些时间好好地让自己流连于那如诗如画的景色中,重温十一年前秋天那一次匆忙之旅的所见所感。于是我不再关心目的地,只是信步徜徉于此。而英格兰就像一个藏满了传家宝的小阁楼,每一处都是自然风光与历史古迹,艺术宝藏交相辉映,目光所到之处,皆是风景。

我的旅游日志也是非常的简短,只粗略写了几行重点而已。在格拉斯哥停留几天后,我们去了伯恩斯的乡下——阿洛韦。在一个舒适却不起眼的小旅馆,我们第一次领略了英国乡村的美景。晴朗的天气下,艾尔郡的美景交织着温柔的多恩河,真是让人喜不胜收。而后,我们向北方行进,在高地进行了一次简短的旅行——从罗蒙湖到卡特琳湖,穿过特罗萨克斯到卡兰德,而后从斯特林漫步到爱丁堡。在爱丁堡驻足了几天后我们向卡莱尔的乡下进发,在那里,我们度过了心旷神怡的五天。第二周,我们就已经踏上华兹华斯的领地,而七月十日,我们已经移步至伦敦了。在这里呆了一周,我就去了萨里和汉普郡,停留了四五天,去探寻夜莺的歌声。直到七月中旬,我一直在伦敦逗留,频繁地远足乡下——东南西北地漫游,甚至有一次穿过了英吉利海峡到了法国,翻过了布隆的几座山丘。七月十五日我们开始了向北的返程,在斯特拉特福德驻足,遗憾地发现红马旅馆在过度运营后没落了。继而我们又再次去了湖区，比上次流连的久一些。而后我们从格拉斯米尔进入了威尔士北部，例行观赏了附近的山峦。七月的最后一周我们再临格拉斯哥，七月二十九日在此踏上归途。

　　如果有一个志同道合的同伴，我可能会长时间地徒步跋涉。而事实上，在英格兰和苏格兰也确有几次短暂但是让人愉快的散步经历，比如说在北爱尔兰的莫威尔那半天的徒步旅行。在这个国家徒步再好不过了——道路是如此的干燥且平坦，乡间小路也是如此众多，气候凉爽而舒适。一天晚上，我跟一位好友从罗切斯特散步到梅德斯通，走到一半就下起了小雨，另一半路我们则在黑夜中前行。我们打算在沿路众多小旅馆中选择一家投宿，准备在第二天早上一睹肯特旷野的景色，但是这些旅馆都将我们拒之门外，所以我们不得不在黑夜中行走八英里，在 11 点酒店关门之前到达了梅德斯通。我也在这一晚知晓了英格兰的接骨木在盛放之时有多么的芬芳，而那段距离似乎让这股异香有了魔力一般。但当我摘下一两朵的时候，它又跟家乡的接骨木一样，气味变成了恶臭，让人很不舒服。但在几步之外，这股味道漂浮在潮湿的空气中，就变成了沁人心脾的香味。这里的接骨木长成了名副其实的树，我看到的几棵直径有七到八英尺，大约高二十英尺。清晨我们从不同的路线走了回去，又进入了鲍克斯里教堂，朝圣者们通常会在去坎特布雷的路上在此小憩，并一睹肯特谷场和栽培厂的风光。有时道路像乡间小路一样蜿蜒穿过

Part 1　英格兰的大自然

园林，路旁就是排列整齐的庄稼。偶尔，一块怪异的新开垦的野地会出现在眼前，土壤下面是石灰岩，白花花的，还布满了燧石。你只要站在这块地上面，就可以清楚地看到，因为这白花花的土质和有序的接合，它看起来像在下面深埋了一堆白骨——像缩短的腿骨。但当这些石灰岩到了能工巧匠的手上，它们便成了最高效的建筑材料。在英格兰南部，无论是古老的教堂还是年代久远的房屋都采用了这种材料。打碎它们的棱角，燧石的缺口处会呈现出半透明的光滑表面，与一些粗糙的材料接合，就会显得格外锃光瓦亮。我在英格兰看过的最美的建筑装饰是坎特布雷大教堂所连接的几个古老建筑之一的前墙，这些燧石做成的小方砖镶嵌其中。冷色的、亮晶晶的燧石恰好与暖色的、热情洋溢的铁灰色砖块形成了鲜明的对比。

我们穿过盖德山庄，从罗切斯特徒步走到格雷夫森德，天气温暖柔和，一半阳光，一半阴云。云雀的歌声响彻天空，到处都是一副富饶的景象。麦浪中夹杂着猩红色的罂粟花，一旁的泰晤士河上也零星地点缀着船只。因为土地太珍贵了，所以肯特少有牧群或牲畜，土地都变成了各种麦田、果树园、开着啤酒花以及其它品目繁多的花园。

几天后我们从费弗沙姆漫步到坎特布雷，从哈布雷登山顶，那富丽堂皇的大教堂就豁然出现在眼前，如同几个世纪以前它突然出现在那些跋山涉水的虔诚信徒面前一样。据说他们会在那一刻跪倒在地，现在看起来是极有可能的，因为此情此景实在太过气势磅礴。

这座大教堂拔地而起，整座城市仿佛都是它的地基。这次漫步我们穿过了好几个肯特有名的樱桃园，我从未见过如此繁茂的果树和丰硕的果实。我们进入一个果园，想要从采摘樱桃的果农手里买一些，而他们以他们无权买卖拒绝了我们。但是其中一个果农跟随着我们穿过了果园，并保证我们可以在私底下买到一些。他用我同伴的帽子装满了樱桃，并喜滋滋地收下了我们的钱。在穿过栅栏回到大路上的时候，我才突然发现我的衣服上沾了油污，原来栅栏上涂满了焦油和油脂的混合物，用来标记闯园者，多么高明的一招。我们坐在树荫下边吃买来的樱桃，边刮掉衣服上的油污，此时一队自行车手飞驰而过。我仰卧在大教堂墙壁附近的草坪上，在围墙的阴影笼罩下，抬头凝视在我三百英尺以上的寒鸦围着中央塔楼盘旋，在那些被风雨侵蚀的缺口处飞进飞出。这也许是在哈布雷登山顶那一远眺之后，我在坎特布雷大教堂看到的最美的一幕。天空中如同屹立着荒芜而尖耸的山峰，而这些鸟儿们在其中建巢，躲避天敌。这些飞禽在这庞大的建筑群里筑巢的做法特别的耐人寻味。鸽子、八哥、寒鸦、飞燕、麻雀，显然是把这些高楼当作了一棵树或者是一面峭壁，就好像这是一处能实实在在地亲近自然、感受生命悸动的地方。走在空旷的教堂里，脚步声听起来就像是往昔岁月的回声。这些教堂在人类宗教更新换代之时建立。多么宏伟！多么不可思议！令人惊叹的美和力量！可是如今就像海岸上的贝壳一样空虚与死寂。冷酷刻薄的教会主义如今也沉寂下来，再也成不了气候。我在坎特布雷

Part 1　英格兰的大自然

看到五个信徒在做唱诗礼拜，还有五六个出于好奇的旁观者。而对我而言，我完全不能把目光从那些高处的彩色玻璃窗上移开，如果我有一丝崇拜的话，我的虔诚之心也只是为了这些华丽的遗迹。无疑这样的信仰同时也激励着那些信徒。在这些古老的窗户下面，是一些漂亮的、有纪念意义的现代窗户。这些彩色玻璃十分纤薄、艳丽、花里胡哨的，看上去像嵌着无数漂亮的石头和珍贵的宝石，色泽饱满，闪闪发光。但即便如此也没能吸引人们的注意，直到在我正前方出现了一道猛烈而刺眼的光，我才把目光一下子转到它的身上。

从坎特布雷出发，我去了多佛，并花了数日沿着峭壁间的栈道去往福克斯通。这条在峭壁间的栈道非常不错，常有人来来往往。这就是这座小岛的特色，紧凑而整洁，就连这海边的每一寸土地都没有被浪费。这是一片肥沃的土地，大块的麦子地起伏蜿蜒，刚刚好延伸到海岸线，看起来就像是被海浪整齐地切了一个边。而这一边，耕犁和收割机也一路走到苍白的峭壁之下才肯停下。坐在莎士比亚崖上，在离地面三百五十公尺的地方，双脚悬在半空，一回头就能采几棵麦穗或者几朵猩红色的罂粟花。我从没见过眼前这般安静美丽的田园风景。荒凉与野蛮不见踪影，这里的砾石如同石灰岩做的面包一般柔软易碎，很轻易地就被海水侵蚀。而群山也像刚切下来的现烤面包，被一个饥饿的巨人大快朵颐。我没有看到人们口中的乌鸦或者红嘴山鸦在空中翱翔，不过确有几只被称作石鹰的飞禽在我们身下的壁龛中因受惊而飞来飞去。我听别人说，海浪与海滩上的鹅卵石摩擦发出的沙沙声，在这里听得不是很清楚。

当时我就很疑惑为什么莎士比亚的海滩上遍布着鹅卵石而不是沙地。现在目睹了这个寻不到一粒沙的海滩，我终于知道了缘由。就像我刚才所说，这里遍地是石灰岩，而且遍布燧石粒，当海浪侵蚀海滩的时候，这些圆溜溜的碎石便留在了海滩上，最终被海水磨成了鹅卵石，海浪敲打时发出奇特的、悦耳的、叮叮咚咚的声响。而英吉利海峡的那头，法国也有很多沙地，但那些沙土的颜色就不那么赏心悦目了。

至于在英格兰的另外几次漫步，某个周末在泰晤士河的经历倒也让人回味无穷。那天风轻日暖，泰晤士河上挤满了划艇，河滩上到处是行人和来此野餐的人。体格健壮的伦敦人，不论男女都争先恐后，冲向户外和海边，像极了渴望盐分的健壮的牲畜群。这样的场景是在我意料之外的。泰晤士河的河畔，有时是东岸，有时是西岸，似乎是属于普通百姓的。没有一处是私有的，无论你多么的位高权重，也不能把整个河畔据为己有。

另外一次就数在温彻斯特和索尔兹伯里，那里有更多的教堂风景。在这些大教堂内最宏伟壮观的就是那些勇士王子和骑士墓碑上的本人雕像，其中还有忠犬伏在脚边的刻画，这些狗在主人死后仍然被铭记实在让人感动。它们在任何时候都是那么的警觉和戒备，仿佛依然在守护着它们长眠于此的主人。难怪克伦威尔的士兵们就算割掉那些骑士的耳鼻，也绝对不会染指这些狗。

在斯坦福我漫步更久。在河上乘船漫游之后，我们穿过了教堂前一片长满了草的低洼的原野，空气中弥漫着牛群和三叶草的味道，在河边坐了一个小时，沉浸在阳光和这片田园美景之中。在某个周日的下午，我穿过这片原野去了苏达利，沿着那些小巧精致的茅草屋间的小道蜿蜒前行，一直走到通向州际公路的岔路口我才止步，前面便是一条穿过开阔的、洒满阳光的原野的路。若要让我更细致地描绘我在盛夏于英格兰乡下的所见所闻，我要在此时摘抄一些我笔记本里的随记：

七月十六日，苏达利原野。风轻日暖，远处淅淅沥沥下着阵雨。气温大概有华氏七十度，这样的天气非常适合工作。而我们周围则到处都是红的、黄的、白的（大部分是白色）三叶草。唯一能听到的是三两声黄雀的啼叫声，叫声与某种麻雀很像，只是更加轻柔——"唧唧唧啾"，又或者是"喳喳喳咕"。白色的三叶草上偶尔能看到小蜜蜂。厚厚的弹力十足的草皮上长满了两三种类似红顶草和黑麦草的野草，还有窄叶的芭蕉，寥寥的金凤花，还有一种我叫不出名字的黄色小野花（也许是绒毛花），当然也有蒲公英和夏枯草。二十英尺宽的一片地方，起伏却很大。两个女孩子躺在另一端的草地上。几个年轻人坐在相邻的草地上玩着游戏，大概是在打牌。这里一点也没有盛夏的迹象，在这片大自然里，我还没有嗅到果实成熟的气息。牧草鲜嫩多汁，溪流翻腾浑浊。在我坐的地方还长着委陵菜和蓍草。芭蕉正在盛放，散发着芬芳。埃文河畔也绽放着绣线菊，传来一阵阵肉桂的芳香。灌木篱墙内也零散地开放着几朵野玫瑰。铁线莲含苞待放，看起来跟家乡的没什么区别。大麦和燕麦倒也成熟了，但还没有变黄。天上的云轻如棉絮，地下的夏枯草呈暗紫色。走了几步远，我上了大路，这也许是我见过最宽的路，大概十六英尺宽的路基一如既往的平坦悠长，路边是十二英尺宽的草地，红色和白色的三叶草传来阵阵芬芳。随着远处西部的青山映入眼帘，一副肥沃的农牧之地的景色在我身边展开，如六月般凉爽与清新。毛茸茸的大黄蜂飞来飞去。一把犁倒在路边的田野中，我勉强可以把它移开，这把犁至少是美国犁的三倍重，横梁很宽，尾部的模板是四英寸宽的厚重的方形木板。这里的土壤类似油灰，干燥的时候裂成了小而坚硬的碎块，但湿润的时候又变的粘黏而柔韧。莎士比亚的土地，是世上最好的最包容接纳的土地，是坚强与温柔完美结合的产物。这里的旷野隆起部分都很小，而稍稍大一点的隆起也像融化了一般柔和，成为真正的草浪，点缀着白色三叶草盛放的花朵。

七月十七日，去往沃里克途中，离斯特拉特福德两英里处。这是一个明亮的早晨，空中布满了洁白柔软的、沉甸甸的雷雨云。粉色的黑莓花沿路盛开，鱼腥草也正值盛放之际，还有一种在家乡也有的六角星花，金灿灿的，散发出一股仲夏的味道。黄雀和鸫鹨到处歌唱着，山毛榉上缀满了果实，大黄蜂也在枝头嗡嗡作响，也许是在采集花蜜，蜂群的规模远比家乡的要大。这里的风景就像一座妥善维护的公园，点缀着参天大树，树荫如小岛一般隐没在草浪之中。

Part 1　英格兰的大自然

羊群享用着牧草，而牛群则静卧在肥美多汁的草地上。微风中夹杂着割草机的轰鸣声，对于多半是靠人力除草的此地来说，这个声音是多么的稀有。在地平线之上，到处屹立着纹丝不动的巨型风车臂。在离斯特拉特福德三英里的山顶上，有一块路标向你指出汉普顿露西的方向。一转身，看到在树林间若隐若现的莎士比亚教堂的塔尖。这座教堂坐落在一条深山长谷之内，俯瞰着郁郁葱葱的树林。我停下来想买一些姜汁啤酒的时候，一个小屋内的老妪说道："愿主保佑，我将赞美我的主，留住这美好的一切。"同时我被窗子上的指示牌所吸引"姜汁啤酒，只要一分钱！纯手工制作！前门未开"（请开门）。当我走在花园中的时候，一只鼬鼠从我面前穿过了马路，却被一只小鸟大声斥责。一只刺猬的尸体在篱笆旁腐烂，圣约翰草与起绒草、小旋花竞相绽放。一簇芭蕉的花朵几乎与我的指头一样大小，紫色的小花上点缀着些许的白色。大路的边缘很宽，长满杂草，空气中同样有三叶草的馨香。树篱上的女贞绽放了，这些小花有序的排列，散发出淡淡的清香。丁尼生男爵在《走进信件》中说到"如女贞绽放般的清秀与无瑕"。小路和街道在各种名贵的树木——山榉木、白蜡木、榆树和橡树——之间蜿蜒。田地四周种着一排排大树。几只流离失所的大黄蜂以路边的一大株蓟花为家，这些花有些是白色的花蕊，且没有刺。在这个乡村蓟花是很少见的，除了荨麻其他的野草都很少见。要想观赏苏格兰刺蓟，要去美国，既非苏格兰，也非英格兰。

3

英格兰如同紧挨着流泉的源头处,大地总是郁郁葱葱,空气凉爽、潮湿,冬天没有霜冻,夏季没有干旱。这一切都得益于来自墨西哥湾的暖流。如同涌泉从地底获得热量,英格兰从南部大洋上获得了源源不断的暖流,严冬时带来温暖,酷暑时捎来清爽。这夏雨甘霖的温柔与灵性从未如此具体可感。在我们这些异国游客的眼里,充溢着欣欣向荣、风雨不透的广木之荫,这满眼翠绿的景色就算是在梦境中也不曾出现过。这些生机勃勃的绿色永远在五月出现,娇嫩,神采奕奕,漫山遍野,如同雨滴一般一视同仁,福泽万物,悄无声息地覆盖于山峦,隐藏于山谷,点缀着峭壁。

厚重的积雪使景物的轮廓变得柔和而圆润。此时,植物脚下的土壤保持肥沃和新鲜的养分,继续滋养着大地。雪从云端落下,积攒在岩层和石头的投影之中,仿佛下的是绿色的雪,紧紧地依附于石头或粗糙或倾斜的表面,似潮湿的剥落的碎片。在峡谷与山谷间,积雪最深,只有苏格兰最高的坎伯兰山脉的山顶与断崖是裸露的。沿着没有树的这一面,苍翠欲滴的小草在这里兀自地郁郁葱葱。草,草,除了草还是草,可谓千山一碧。有哪一个国家可以像这样绿意盎然,仿佛铺着硕大的绿色地毯,拉上绿色的帷幕。就连树林中也长满了草,我曾看到过当地人在林中割草。这些顽强的小草生根于乱石之间,墙壁,乃至古老的城堡堡顶与家家户户的屋顶,甚至冬日的干草籽都会在羊背上发芽。就连覆盖在石头围栏上面的草皮也像长在地里一样欣欣向荣。这片丰饶的黑土地，是经年日久的沉淀，缓慢而经久不衰，这种沉淀，来源于周而复始的叶落归根。落花逝去，却给土壤注入了鲜活的生命，直到稚嫩的下一代含苞待放，循环不息。这些古老的城堡和大教堂的墙壁上，也是绿意盎然。我看到过罗切斯特大教堂一百英尺之上的高墙上竟长出两三种偌大的野花，花枝招展地诱惑游客们爬上去采摘，好像石头也能发芽一般。我的同伴照着罗切斯特大教堂桥墩上盛放的红白相间的花朵画了一副速写。无论多高的地方都有一块沃土，就真的好像天空中也漂浮着土壤。不然又怎么解释这里的人都是手脸沾满泥土，无论怎样都不能把自己弄干净这件事呢？一双没洗干净的手会轻易地留下印记。长时间不用肥皂和水清洗，搞不好身上都要有绿霉生根，就像发霉的树干。我毫不怀疑，如若不是偶尔的大雨冲走了绿霉，恐怕不出几年，英格兰的屋顶上就会长满青草，还会有雏菊和金凤花在上面争奇斗艳。所有新建的房屋就这样，只需短短的时间，就能呈现出岁月丰盈的痕迹。只有在英国见过无数的建筑群和遗迹之后，一个人才能理解莎士比亚的这句诗——

"那些肮脏的石头，承载着多少乌云秽日。"

但也同样需要观赏过苏格兰或坎伯兰山脉后才能够感受到这句诗后半句的力量——

"青山绿野之地，生活着啃草的绵羊。"

未经洗刷的石头，混合着日积月累的泥土，最终成就了这座座青山。巍峨的群山下，便是厚厚的泥煤。人们用黑黝黝的泥煤修建屋顶，日久岁深之后滋润与养育出一方草木欣荣。

这些山最大的特色是兴盛的草木，这些山饱满的绿色，我想说是多么的柔软啊，是我在任何书籍和照片里都没有看过的。在雕刻作品和画布上呈现的山峦是僵硬而布满褶皱的，而我在这里看到的是四五月份牧草丰盛的草场。牧羊场和养兔场位于宽敞的高处，没有树木，没有灌木丛，没有松垮的石头，更没有石头栅栏和悬崖峭壁。它们是丰满的，温柔的，似少女脸上的青春痘，又像是一大片丰美的草场底下向上顶起的石头，间或这里那里成功地从切口探出来，头上还顶着草皮，不过余下的大片绵延的草场仍是完好无损。

在苏格兰，我登上了本费尼山，虽不是苏格兰最高最崎岖的山，但也绝对是不可忽视的一座。一路上都是杂草与泥沼，像一块块喝饱了水的海绵，一不小心就会陷进去。每当我期盼前方会出现一块干地的时候，出现的总是湿淋淋的一块，那些有弹性的厚草地上甚至都会渗出水来。我们没有被悬崖挡住去路，却深陷在泥沼中不能自拔。怕被乱糟糟的灌木丛和石头挡住去路，我选择了穿过一片大概倾斜度有四十五度的湿草甸。虽然小腿没有被擦伤，但我的脚已经湿透了。时不时地会有一大片泥煤在道路的某处出现，但最终禁不住雨水侵蚀，慢慢淹没其中，只留下了一个几码宽一码多深的黑坑。初春时节，泉水充沛，野花不多，草却是长得哪里都是。一只野兔

Part 1 英格兰的大自然

突然大摇大摆地出现在我面前，一对小鸟在大石头后面机警地瞥了我一眼，羊群里零星有些毛发洁白的小羊羔，比起那些脏兮兮的大羊，它们是那么的显眼。麦翁从岩石间掠过的时候，展现出它洁白的尾部，山云雀也不甘示弱地展示出它那像极了百灵鸟的尾巴。树林间没有一点风声，与这里不同的是，家乡的山顶本就树木稀少，再加上烧焦的树枝和树干，更平添了几分荒凉。山顶的风在裸露的乱石间打着呼哨儿，在石楠花中间轻声低吟，这里的山不会像被森林覆盖的山那样轰鸣和咆哮。

我在山间徜徉一个多钟头，注视着大山和峡谷在身下绵延。向西八到十公里，能看到洛蒙德山的山尖，比我所在的位置还高了几百英尺。其中有四座上面有积雪与冰川。环视一周，只有四五间牧羊人简陋的房屋。云层间射下几柱阳光，云雾漂浮在低空，甚至环绕在山巅的巨石上。四周仿佛被蒙上了一层朦胧的白雾，像用水调稀了的牛奶，在家乡，只有在大雾时候才可以看到这样的景色。"视野中满满的都是柔情蜜意，"我在笔记中这样记道，"或许是因为这些山的整齐与秀丽，没有惊天动地，没有岁月变迁的沧桑。虽有怪石嶙峋，但很少看到它们，虽有岩块剥落，但无伤大雅。没有深沟断壑，没有一丝突兀与陡峭，更没有旧神留下的激愤与狂欢。"

即便是在这崎岖的苏格兰，大自然最多也就是狂野版的山地绵羊，没有野鹿或驯鹿的凶残秉性。视野所及的每一处，都是温和而静谧的，像极了苏格兰土著居民特有的精明和得体，让人耳目一新。

本尼维斯山上和四周是无边的蛮荒与峭壁，但苏格兰荒野的特色是沼泽。在山巅，在谷底，在广袤的山丘或是起伏的平原都能发现，黝黑，安静，忧郁，但并不荒凉。卡莱尔对这片沼泽地的评论是"广袤却不显孤独"。黢黑的土壤蕴含着泥煤，沼泽分布十分广泛。石南花与牧草一样短小，随处可见，山间镶嵌着牧人的小草屋与冒险家的小帐篷。高原牛毛茸茸的，与身后如诗如画的风景融为一体，沼泽与山岳都是一副平缓矮小的景色。我们所说的孤独，描绘的并不是万物希声、景色幽暗的森林，而是广阔的、令人黯然的空旷之所。于我而言，大自然仍是熟悉而友好的，那一定是荒芜的景致或是那暗处伺机而动的野性给我留下了这样的印象。但是石楠花和金雀花仍然美得似乎在心底投下了一道挥之不去的阴影，人们也乐意看着树枝在风中摇晃，还有那山间倾泻而下的奔流无论是在听觉和视觉上都是一种享受。没有一片湖水可以与罗蒙湖与卡特琳湖的美貌相提并论，以至于有人想把新大陆的多余石头拿来打造一个花岗岩的底座。

4

英格兰另外的一大特色就是可以在一些旧桥和教堂的墙壁上看到人们用杰克刀刻下的他们名字的首字母，就像我们在树皮和松树树干上刻字一样，因为建造它们的石材实在太过柔软。在斯特拉特福德，就已经有一张告示贴在古老的教堂外，恳求人们停止他们野蛮的行径。在这里刻划人名的历史已经有一百多年了。我倚靠在公路旁的桥上时，发现就连这里的护墙也被刻上了字画。因为游客们对伯恩斯城内布里格杜恩桥的蹂躏与破坏，这座历史悠久的桥必须要修复一番了。人们甚至用杰克刀就可以切断这座桥。到目前为止，这座桥的历史比帝国的历史还要悠久。在离格拉斯哥几里外的地方，我看到了古罗马桥的残骸，它的拱门与大约十五个世纪前罗马的第一辆战车通过的时候一样完美。之后的几个世纪，它几乎被人们遗忘了，只有岁月的车轮滚滚压过，轻柔缓慢，几乎没有留下任何痕迹。

英格兰没有丰富的花岗岩与大理石，但有富饶的石灰岩、泥灰岩和黏土。古老的冥王星之神没有为自己而战，被深埋之后化作尘埃，更加亲民。温和的神接替了它的位置。这片大陆是苛政猛虎的墓地。大道与铁路将山岳深深地劈成两段，山石与平壤逐渐的混沌与相互吸收，合二为一，让我很难说它们的分界在何处。

这就是英格兰大自然的真谛："花岗岩散落在一片碧绿间，日益成熟与圆润。"这片原始的肥沃土地在向更高级别演化中，变得温婉平静。土地上那些粗糙的、苦涩的外表，变得甜美可食。这些翠绿展现出的朝气，让人们觉得它们的根必定深深扎根泥土之下。那些粗糙的、原始的、不和谐的都去了哪里？在这片安逸的土地上，大自然本身就是画作就是诗歌，任何艺术加工都是多余的，理想的

清新的原野　Fresh Fields

佳作已然就在眼前。当新大陆还处在未开化的时候，旧大陆已是膏腴之地。这就是为什么这样的景色像是萦绕不去的记忆。目光所及的每一块田地，每一座山峰，似乎我们在年少时期就已熟识。人与自然已经融为一体。连土壤中也埋藏着人类智慧的结晶，凯尔特人、罗马人、不列颠人、诺曼人和撒克逊人，都曾在这片土地上迁徙行走，这片土地见证了他们爱与苦难的征程。所以，我们才会有一种回归故土的感觉。这的的确确是我们的故乡。它的每一寸土地，在漫长的岁月里，养育和教化了一代又一代的人。

在英格兰就像坐在温暖的壁炉旁，情不自禁地勾起那份对家的牵挂。英格兰岛是安逸而和谐的，有着与大陆本土的光怪陆离截然不同的简单，但是又能够彼此共存，气氛融洽。它可以满足人们对家的渴望和对土地上果实的贪恋，但不能满足对荒野与原始的追求，正如我们的诗人所言："我渴望，我渴望，我渴望原始的力量和大自然的无所畏惧。"

也许我们对于自然最强烈的渴望不是别的，正是这片我们赖以生存的土地。至少，我能够确定的是，每个人在面对眼前的这般美景时都会心满意足。

这里的整体地貌呈现出一种缓慢、统一、保守的调子。大地万物都秉承着沉着、适度的原则，每到一处，皆是如此——这种骨子里的可爱与温顺真是让人惊讶又令人迷恋。我们不会忘记，人类很可能就是在这个半球上开始进化繁衍的，而时间似乎也在向我们证明，这片土地孕育着更为持久的生命力。对英格兰景色的第一印象就是安宁。人们没有见过如此安静的土地，尤其是习惯了脏乱、华而不实、动荡不安的美国人。这十足恬静的大自然如梦如幻，这宁静如满潮的海水抚平了每一处地球的伤痕，覆盖了每一片海滨，每一个难看的污点都被遮盖起来。整个地平线都是满溢的、碧绿而平静的潮水。（我看不到林肯郡的沼泽，也看不到约克郡的荒原。）这样的安静，一半是来源于人类经年累月的细心耕种照料，另一半则是大自然自身温和的禀赋。这位自然母亲心满意足，婚姻美满，丰衣足食，儿孙承欢膝下，她走过的每一条小径都化作令人愉悦的美景。树叶多么稠密而厚重！原野的草皮多么厚实而均匀！溪水与河流多么的平稳而清澈！没有一丝嶙峋的河岸，没有成片的沙地，更没有在激流中翻滚的砾石！

对于一个归来的旅者，看过英格兰的树叶后再看新英格兰和纽约的小树林，有的只有稀疏和凌乱。这或许要归因于我们贫瘠的土地和干燥的气候。这里树木的枝叶一到仲夏就好像竖起的头发一般，整个树林看起来杂乱无章，不堪入目，又如刚从放纵的狂欢中缓过劲来。英国的树叶，在树枝上密密麻麻地挤在一起，竭尽全力地向着阳光舒展自己的身体，而美国的阳光太过猛烈和炽热，树叶蜷缩在彼此的身后，无精打采，垂头丧气，极力地避免阳光直射。在英国，雨滴淅淅沥沥地洒在枝头上，枝干和树叶都因为水分太多而下垂。这样的天气光线更稀少、更柔和，树叶更加的伸展，想要抓住每一寸阳光，因而呈现出一种更为舒展的外表。枝干的末端聚集了大量的树叶，而枝干内侧就显得光秃秃了。法国梧桐像一顶帐篷，树叶全部长在了外侧，鸟叫声回响在其中，像在一间屋子内高歌一般。

"圆柱映出的薄暮，伴着梧桐内的歌声。"

诗人丁尼生在诗中如是说。在稍远的一段距离外，它看起来又像石块般坚固，欧洲的枫树也是同样的奇特，并且这些树木在大洋彼岸的美国生长的时候，还保留着在欧洲的习性。我花了几年的时间，记录在我家附近的几棵枫树的生长情况。它们比起当地枫树来，轮廓少了一点优雅与精美，但是树叶却更加繁茂，更加翠绿。树叶更大更结实，在树的外围紧密地聚集在一起。几乎每个夏天，这些树中暴露在太阳那一方的一两棵，都会被烤焦。当秋天来临时，树叶变黄，整个枫树就像被薄薄地镀了一层金色。树的外围变成了淡黄色，但树叶的根部还是绿色的。这些结实的如雕刻般的树叶，总是能让艺术家们找到灵感。而本土的那些树叶，软绵绵的没有形状，倒不至于纤薄脆弱，但确实不易描画，完成后的作品也不尽如人意。

田野间和丘陵上的草甸也是一样。我们所拥有的草皮，即便是最古老的草甸，都或多或少的参差杂乱。热胀冷缩后的土壤，高低不一，自然长出的草也就良莠不齐。只有通过悉心照料，浇足了水，施好了肥，我们才能培育出跟英格兰和苏格兰牧场一争高下的草地。

正如达尔文揭示的那样，地底下有大量活跃的蚯蚓，它们与那些肥沃的土壤有着千丝万缕的关系，与我们贫瘠的土地形成了鲜明的对比。这种短小而精悍的生物在欧洲土壤中起到的发酵和提高土壤质量的作用可比在新英格兰要大。那片故土之上浓重的湿气，深厚的黏性土壤，充足的食物，更温暖的气候，都是蚯蚓生存和活动有利的条件。的确，正如达尔文所说，英国之所以成为花园般的国度，正是因为这小小的、深藏于地底的生物。它们在地底耕地开垦，排水通风，将土块碾碎，施肥造肥。虽不能移动石块，但可以将其埋藏于地下，虽不能抬走古老的城墙和道路，但可以一点点侵蚀，并留下丰盛的肥料。达尔文还说："在英国的每一寸土地上，每年都有超过十吨的干土壤经由它们带到地面。"他更进一步地说，"当我们看到一片广袤无垠的草甸时，要时刻铭记这美丽的景色主要归功于这些蚯蚓，是它们将原本坑洼的土地变得丰饶平坦。"

我深信，蚯蚓在我们这片土地上，一定是因为无法适应恶劣的气候而水土不服，但在英国，这些小动物们则如鱼得水，不知疲倦。它们的辛勤劳作彻底改变了英国土壤的面貌，让它看起来就像覆盖着厚厚的雪层，只不过这雪不是从天上来，而是来自相反的方向，从地下以同样温和而均匀的方式平铺大地。

在不列颠的大地上展现出的平衡与宁静，不仅仅在草甸与树林间，还在田野里。大地上长满了大麦、小麦、燕麦甚至是各种豆类，田地都像湖面一样平静。每根麦秆或豆秆都一般大小和高矮。不可否认，这是人们细心耕作的结果，但同时也需要气候的辅助。所以英格兰的景色在英国人的手中，没有遭到破坏，反而日益欣欣向荣。

这些古老的拱桥在平静的溪流之上多么的安逸，他们建起一条宽广整齐的大道又是多么的轻松！足迹所及的平坦之路，目光所及亦是平坦。身体舒畅，精神也会舒畅。爬满常春藤的墙壁与废墟，已经收割的庄稼，环绕的篱笆，以及那些小草屋和成百上千的房屋共同造就了英国大陆的平静祥和。也许只有在这个国家，牛羊才会如此安逸。英格兰的春日与夏季给人的第一印象是"风吹草低不现牛羊"，因为牧草实在太过丰盛，羊群们很快吃饱喝足，或在草地上打盹儿，或在树荫下做着白日梦。你会突然发现这里四处都是草场，不会看到牛羊在荒凉贫瘠的草地上为食物奔忙，鲜美的牧草和眼睛齐平。它们个个知足常乐，这便是这片大地上另一种形式的宁静。

　　英格兰温婉湿润的气候用两种方式促生了那片非比寻常的绿色大陆，便是生长与腐朽。当草生长很快的时候，它成熟的茎叶也就腐烂的越快。一切都进行的太迅速了，在英格兰，干枯的树枝与叶子在冬季过后便不复存在，不会为盎然的春意添上不和谐的一笔。枯萎的枝叶都将很快的化作春肥，即便是到了五月的森林，你也很难找到一片去年秋天的枯叶，公路旁的田野与灌木丛中，没有留下一株杂草。但在美国，即便已经能够看到零星的早春的小草，但在果树和山顶上总会多多少少的去年的枯黄枝叶或者茎杆残留。反之，在一年四季淫雨不断的英格兰，春肥催生野草的速度也同样惊人。

Part 2

英格兰的森林：别有洞天

山毛榉

英格兰乡村田园的美景啊，任何的夸赞称道都不会过誉——美丽的田野、公园、山峦、沙洲。这些广阔无垠、熠熠生辉、怡人的景色都被完美地浓缩在英格兰，而你仅仅只是匆匆的瞥了几眼。诚然，观赏英格兰的景色，实则就是饕餮能工巧匠的独具匠心；就是沉浸于大自然的鬼斧神工之中；就是任身下的一块公园的绿地延伸到整个王国；就是鉴赏这片碧绿诉说两千年来的沧海桑田。这座大陆众志成城，在每一寸荒芜与贫瘠之上创造出一片繁荣的景象；用最精细的耕作，将每一块弹丸之地开垦为广袤的田野。这片田野像圈起来育肥过，家畜也洋溢着幸福美满，河流从未肆虐过，而高山则是牧羊人的天堂。那一片片开阔的林中空地中交织着森林和田园，洁净而宏伟，满是如教堂走廊一般的美景。试问，还有何处可以如此地美妙？荒蛮与残暴随风逝去，青葱的草甸覆盖在乱石之上，像一席翠绿的床单，小山被腐殖土顶的圆滚滚的，山丘曲折起伏，像极了肥壮的绵羊身上的褶皱。这片土地确实肥沃，不只是人为的改造，还有大自然本身的力量，雨水使它变得丰饶。当我们的土地上洪水泛滥成灾，经历骄阳似火和冰天雪地时，这里的土地却丝毫没有流失。腐殖土也越来越厚，草甸平铺在其上，肥沃的土壤日积月累。

人类的力量不可忽视（虽然也有人类一半的功劳），而大自然本身的心境和脾性也是人性而居家的，她和人类一起成长，慢慢的也有了人的面貌和脾气。她的柔情满满地承载于溪流中，就算你把这条溪流引向自己的花园或者门阶，除了会打湿门槛和花盆之外没有任何危险。这是墨西哥暖流的馈赠，把来自南方海洋上的暖空气带到这清爽的北方天空之下，去伪存精，瘴气与凛冽不复存在，饱满却又少了几分燥热，猛烈却又不再恣肆。

不得不说，对比来看美国的景致也确有可取之处，便是荒野与原始之美，便是那郁郁葱葱的原始森林，便是那长满了青苔的砾石和岩层。青苔虽是植物生长的低端形态，但将群山与巨石渲染上了最柔软最美丽的颜色。岁月在纽约和新英格兰的悬崖峭壁间用永不退色的颜料描绘出美丽的壁画。青苔在英格兰很少见，在它的自然风光中也少有一席之地。气候太过潮湿，威尔士和诺森伯兰的石头灰暗而冰冷，没有吸引力。森林中的树木也没有斑驳陆离的外衣，山毛榉的树皮光滑平坦，紧贴着树干，常常现出淡淡的绿霉。松树则衣衫褴褛，像穿着一件粗制滥造的皮衣。苔藓是这片大地的主角，地衣则不是。那些古老的墙壁和屋顶上都覆盖着苔藓，这是比地衣更高等级的植物，会在短时间内腐烂，化作肥料，为鲜花提供养分。

英格兰的石头也没什么特别之处。没有我们家乡的花岗岩巨石，

Part 2　英格兰的森林：别有洞天

更没有长满蕨类植物和青苔的碎石散落在森林里，那里的石头，全部被用来建造房屋或是修路，或干脆就被潮湿的气候侵蚀殆尽。在穿过兰博里斯的时候，我在威尔士看到了很多岩石，但比起纽约肖刚科山与莫康科湖的岩石景象，还是逊色了许多。卡茨基尔山中宏伟壮丽的关口，完美地诠释了自然的粗犷之美，远胜威尔士所能展现的阴柔。而对于玲珑与震撼的美景，也许当属四月，我们斑驳的石墙上开满了牡丹花，五月的斗草破土而出，在裂缝中开出橙色的花朵，花团锦簇，到处依附着蕨类和苔藓，还有那忍冬花花朵上精妙的一抹绿，都是举世无双的美景。

此外，在我们的森林中，且不说那些岩石瑰宝，独属于这片森林的优美纯净，以及精致迷人的美景，就算在英格兰也不会看到。

英格兰野外的风景繁茂而饱满，我在任何时候都未发现任何一棵树是形单影只的。微风拂过，整个森林便泛起波涛汹涌的绿浪。在森林中，也是绿草如毯，即便一些没有长草的地方，也有一大片粗糙的欧洲蕨依附在上面，林中没有精灵，空气中没有狂野的气息。森林把野地拒之门外，同时也将强光与热量拒之千里。在森林周边，树木就变得很矮小，那些小巧玲珑的灌木，兀自地排成一排，好像在努力地保卫和守护着它们的秘密。当你披荆斩棘地进入里面，又是另一番景象，不一样的植物与花朵，不一样的飞禽走兽，不一样的昆虫，不一样的声音，连气味也是不一样的。事实上，这完全就是另一番洞天。干枯的树叶覆盖了整个地面，精美的蕨草和苔藓包裹着岩石，随处可见鲜艳的百花羞涩地眨巴着眼睛。苗条的树蛙敏捷地从脚边一跃而起，一些还未孵化的蝾螈老老实实地待在育儿管里，有的藏在树叶下，时有锦罗绸缎的松鸡乍现，灰松鼠林间跳跃穿梭，京燕发出哀伤的叫声，啭鸟在枝头发出咕咕哝哝的声音，不时的捉几只蚊子果腹，家乡的森林展现出一种全新的艺术和美感，生命的另一种风格。人们愿意在阳光和煦的天气来到英格兰的公园和小树林野餐或是举行五朔节的庆祝活动，但是我想没有人会选择在这里露营。连绵不断的淫雨，黑沉沉的天空和低温只会让森林内部像地道一样让人窒息。我想知道是什么造就了枯叶这一独特的景色，并让它发出如此沁人心脾的味道，它们或许会被人收集在一起带走，又或者留在地面上，在潮湿的气候下化作肥料。

　　我在苏格兰的时候，探寻了靠近艾卡尔菲亨的一大片林地，里面主要生长着欧洲赤松，长满了整个山丘。但是杂草丛生，景色一点也不吸引人。我在汉密尔顿公爵的一处公园发现了一片草木茂盛的峡谷，埃文河流淌其间（我在英格兰已经看到过四条这个名字的河流），一条克莱德河的支流，河水的颜色像褐色的黑啤一般，深暗，怪石嶙峋。那是一处我见过的最野性的景象。我几乎想象我是站在哈德逊河与朋诺斯科特河的源头。那样寂静，孤独与奔腾的河水，让人印象深刻，但森林中一点也没有生机，没有花团锦簇，没有小鸟歌唱。森林中的居民在很久以前就离开了，只留下他们冰冷空荡的房屋。我在一条小溪边的走道上坐了一个半钟头，那里昏暗且长满了荨麻，想要看到生机勃勃的景象，但实在没有一丝生气。我确实是恍惚间听到了几声鸫鹩的啼叫，矶鹞的呼唤，但也仅此而已。这片林子里没有一点声音，没有一丝动静，更没有一丝气味。但离我几米远的地方，影影绰绰有几座石桥，在这条鸿沟上架起一条安全的道路，这是文明对抗荒凉自然的艺术。走过森林，我蓦地站在一片长满了大树的古老城堡的废墟之上，可以看到兔子在这里活动和挖掘的痕迹。正如在这个国家看到的一样，森林并不仅仅是一排排树木的集合。只有将如神殿一般原始与纯净的精神赋予这片树林，才可称其为森林。在去塞尔伯恩的路上，我有幸来到了沃尔默森林，但景色确实不太怡人。塞尔伯恩山丘几乎沿袭了怀特时期的样貌——茂密的山毛榉林。我环顾一周，这里也跟其他的森林一样，并没有什么有特色的森林风景，只有湿哒哒的山毛榉林和树下厚厚的土地。对于公园来说太浓密，对于森林来说又不够厚重。这里的土壤是油腻腻的黏土，在树林中，一些男孩甚至沿着这座山坡最陡峭的地方往下滑，这是他们的"夏日冲浪"。几乎看不到掉落的树叶和树枝。怀特时代的穷人们习惯于捡拾乌鸦筑巢时掉下来的树枝，可能现在还在这么做。当你来到林中空地时，树林交织着草地的景色会让你大饱眼福。山毛榉无论在此地还是英格兰其他地方，都是很常见的树种，比起美国的山毛榉，这里的确实长势更好。也许是这里深厚的石灰石土壤特别适合山毛榉的生长。它长得像美国的榆树一般高大，树枝分叉的方式也如出一辙；虽不像美国的山毛榉树干有灰色的斑驳，但也常常附着一层深绿色的霉菌。在莱德山，诗人华兹华斯的住宅前的路旁,那些山毛榉的树干几乎和周围的山一样翠绿。这种树的树皮平滑而纹理紧致,不难想象树皮包裹之下定是肌肉结实、体格健壮的树木本身。正好印证了诗人斯宾塞的语句"好斗的山毛榉"。这些山毛榉在空地上生机盎然,为公路上的行人提供极好的遮蔽。英格兰那些历史上有名的森林——什鲁斯伯里森林、迪恩森林、新森林等等——都已经消失殆尽。这些森林的遗迹零星的残存在英格兰,这个国家曾经拥有广袤的森林,现在大部分地区都是乡村原野。

值得注意的是,在英国的诗篇中,很少或根本没有表现出对森林的赞美,不会被温柔的提及,更不会有人为之沉迷。英国田园诗里也没有出现一点对荒野的偏爱,或是神秘的森林动物,这些诗篇多数时候描写的都是这片大地的温柔,完美无缺,以及有一点被神圣化的田园风光。诗人弥尔顿曾这样颂扬:

"它的闪光,将我与女神一并带入暮光中小树林内拱桥上的漫步。"

但他口中的树木是阴郁而悲伤的:

"它那恐怖的枝桠在黑夜中婆娑,吓坏了每一位孤独的行者。"

他又写道:

"它沉浸于孤独与悲伤之中,伫立在洞穴旁,投下可怕的阴影。"

而伟大的莎士比亚则这样形容森林:"这片树林是无情的,空洞的,极其恐怖的。"——是抢劫掠夺与谋杀的理想之地。的确,英国的诗歌对于旧时的记忆绘声绘色,那时的森林是强盗和歹徒的藏匿地，更是种种恶行发生的场所。我唯一能想起莎士比亚口中给予森林生活的比较模糊的语句出现在《皆大欢喜》一书，乡下人是这样对拉菲说的："先生，我只是生存在森林中的一个乡下人罢了，我就是喜欢大火。"说的是美国的火，欧洲的木材实在太匮乏。弗朗西斯·希金森在1630年这样写道："新英格兰也许会自夸它们的那点火比其他一切地方的都要大，因为整个欧洲也无法制造出像新英格兰那样的大火。一个贫穷的仆人，除了五十英亩的土地之外一无所有，但他也会有充足的木材，比英国任何贵族拥有的木材都要多，足以燃起大火来。"在新英格兰，纽约和宾夕法尼亚州的大部分地区，也有着同样广大的森林。英国自然诗的头魁，华兹华斯的篇幅中，也嗅不到一点微妙的森林之香。在他的家乡游历一圈，不难发现，这个国家的所有的性情景色都被他写了个遍，孤寂的山中小湖，沉默的沼泽地，绿油油的山谷，咆哮的悬瀑，唯独没有提到森林。山脉上似乎永远是没有树木的，诗人的灵感从未响应大自然这一隅的召唤——原始森林，野性的神秘和吸引。同样，在诗人丁尼生的诗篇中，只有荒原的气息，没有描绘森林。

我们本土的诗人，至少有两首杰出篇幅聆听到了原始森林的天籁之音的作品。它们的作者是布莱恩特和艾默生。尽管风格不同，但两人的作品中都存在着一种对森林及其孤独的印第安式的热爱。无论是布莱恩特的《森林圣歌》或是艾默生的《林间天籁》，都不可能出自英国诗人之手。《林间天籁》描绘的是美国北方广袤的松林，一个旅人在森林中漫步,睁大双眼环顾四周的所见所感。

"他探寻那未开垦的缅因州成群结队的伐木工,

那里成百上千的湖泊与河流奔腾不息;

他踏上那未播种的森林大地,即便是看透世间一切的阳光,

在此也多年未发出耀眼的光芒;

麋鹿觅食,灰熊漫步,

丛林之间啄木鸟穿梭,跳跃;

他在昏暗的走道里看到,在那芬芳的石床上,

细长的林奈花,羞答答地垂下枝头两朵,

默默地保佑着花迷的纪念碑;

一呼一吸都能感受到它从那片荫凉下发出的馨香。

他在果园中,间或的听到,

年事已高的松树倒下的怒吼,

每一次的轰鸣,都是这生命的赞歌,

带它回归生命的源头。"

艾默生的沉思是彬彬有礼的,但是这种文雅同样出现在家中,出现在了小镇里,会让一座森林变作花园。

"我的花园在那森林中,

在那古木林立的地方,

岸坡伸向蔚蓝的湖边,

随后便坠入深渊。"

而另一边,在英国人的观念中,我们没有田园诗。比起英国那具有压倒性优势的田园风光,我们的确略逊一筹。当我们的诗篇不再模仿他们的时候,常常会出现松树与森林的味道,在更古老的一些诗篇里,这都是很少见的。朗费罗那温柔的思想,温文尔雅,从原始时期开始,这种思想就回荡在所有的传说与神话中,回荡在田园牧歌式的梦想中。梭罗是描绘森林的天才,毕业于哈佛大学,他有着印第安诗人或预言家的灵魂,从未遗失对荒野的喜爱。而那位羞涩的、神秘的霍桑,待在森林中的时间甚至要比在家的时间还要久。要想一睹森林的风光,那篇《红字》便是不二之选。

Part 3

卡莱尔故乡

柳林鹪鹩站在窝旁

再次穿过大西洋的时候，比起英格兰，我对苏格兰更感兴趣，一部分原因是十一年前我已经在英格兰大饱眼福，但很大程度上是因为比起英格兰人，我一直更喜欢苏格兰人（在我少年时期，我就已经对他们很了解），尤其是因为在那时我正对作家卡莱尔着迷，我想亲眼看看他笔下的土地与人民。

总之，我想凯尔特人要比安格鲁撒克逊人更吸引我，至少是被某些凯尔特人所吸引。撒克逊人整体上给人的印象更深刻，他们有更伟大的功绩，他们故乡和城市的样貌更加怡人，就连整个王国的恩赐也是属于他们的。但是，毋庸置疑，我认为凯尔特人，至少是苏格兰的凯尔特人，要比英格兰人更加热情好客，热忱爽朗。他们更富有好奇心，更泼辣，更容易悲天悯人。他们更乐意与其他人种打成一片，而英格兰人却很少那样做。在这个国家，约翰牛（典型的英国人）就如黏土中的一粒卵石一般，任你打磨烘烤，他还是坚固如初——坚硬地杵在砖块里，就是无法融入其中。

每一次与苏格兰景色的亲密接触都让我更加迷恋。当我在埃尔的时候，发生了一段让人欣喜的小插曲。在杜恩河畔的小树林里，我偶遇了一位年轻人,在聊到我们身边高歌的鸟儿时,发现他知道我的名字。这让我结识了这家人以及当地教区的牧师,在伯恩斯的这段简短的旅居中,我真实地触碰到了当地的人文。在格拉斯哥,我切身地体验了一把当地的日常家庭生活,我提到的这个家庭社会阶层略低,但德行高尚。我爬上一个环形石梯,在顶层有一家人,他们有三四间房:一对夫妇,他们有三个儿子,两个已经成年了,还有一个成年的女儿。那位父亲和他的儿子们在附近的一间铸铁厂里工作。我们在一个杂乱的厨房里分享面包,像坐在一个宏大的礼堂内享用盛宴般地谈笑风生。我们围桌而坐,家庭成员轮流朗诵一段《圣经》。进餐后,我们进入隔壁房间,一起唱着源自伯恩斯的苏格兰歌曲。其中有一个男孩的声音是我听过的最有磁性的低音。那个声音震撼人心,但又被苏格兰式的柔情完美地缓和。他曾在一场面向整个苏格兰的歌唱比赛中荣获一等奖。他的母亲也有一副甜美的嗓音,我对她说,以她儿子的歌唱天赋,可以在任何地方飞黄腾达,但是他母亲却对这个话题产生了焦虑。她担心这会成为毁了他儿子的祸根——按照她自己的说法,她担心通过唱歌来赚钱会让他成为恶魔的仆人,宁愿让这种天赋用来歌颂上帝。她说宁愿随他去死也不愿意看到儿子在歌剧院里唱歌赚钱。她想让他勤勤恳恳地干手头的工作,只把他的嗓音当做是一种上天的神圣恩赐。当我要求这位年轻人来旅馆为我们唱歌的时候,这可急坏了他的母亲。后来他母亲告诉我,直到她知道我们的旅馆不卖酒,她才放下心。这个男孩也愿意顺从他母亲的意愿。她的另一个儿子的心上人去了美国，于是他也心心念念地想追随而去。他大方的给我们看了她的照片，对我和他的家人都毫不隐瞒他的真正心意。在这样的家庭中是没有秘密的，也没有遮遮掩掩。对宗教信仰的虔诚，原始质朴的个性，给我留下了深刻的印象，我想短时间内我都不会忘记的。这个家庭也许是个例，但是每当我回忆起浓烟滚滚、烟囱林立的格拉斯哥，都会想起这一家人。

我曾经每个周一早上都会读《爱丁堡时报》，伯恩斯比卡莱尔更准确地暗示了苏格兰人的另一个显著特征，我经常在每周一的《爱丁堡时报》上查看的一份统计数据便足以说明。这份数据统计的是上一周登记的新生儿，其中总是有百分之十到十二是非法生育。苏格兰所有阶层的人，都深深地爱着伯恩斯，因为没有人可以像他一样，表达出大家内心深处最真实的情感。

当我想到爱丁堡的时候，第一个闪现在我脑海里的，就是在那两处没有一棵树但依然青翠的高地旁整个城市一如既往地闪耀着光芒。亚瑟王座山像巨大的不规则的球体，又或者半球体，在东南方的地平线上拔地而起，用它那娇嫩的翠绿包裹着整个城市和乡村。东面的天空看过去，仿佛也被染成了绿色。即便读过很多描写在这座山上俯瞰爱丁堡景色的文章，但我还是被眼前这幅景色折服。有三座小山丘通向亚瑟王座山，在 800 英尺的高处汇合。在第一座相对较小的山丘上，屹立着一座城堡。这座山三面悬崖峭壁，乱石丛生，但是沿着东侧的坡往下走，就会出现一大片平坦开阔的地面，爱丁堡的古城便建于其上。就像泉水从源头涌出，古城也似乎是从城堡中流淌出来的，一直延伸到邻近的空地上。紧挨着古城，就是索尔兹伯里峭壁，海拔 570 英尺。这面峭壁成为了一道天然的屏障，如同哈德逊河畔的帕里塞兹。再次从这面峭壁望向东方，舒展的地面延伸到了一个叫做"猎人沼泽"的峡谷。我一直以为那里有很多神出鬼没的猎人，直到看到一队火枪手在练习打靶才恍然大悟。之后这片平坦的地面就缓慢而不规则的上升，来到了亚瑟王座山的顶峰，形成了之前我所说的闪耀着绿色光芒的田园景色。厚厚的草甸沿着索尔兹伯里峭壁，一直延伸到峭壁的边缘，如一片天然的绿毯。草地是如此的紧实，男孩们甚至可以用杰克刀像在树皮上刻字一样，在这里刻下他们名字的缩写。在 1820 年到 1821 年间，在爱丁堡那些阴郁的日子里，亚瑟王座山是卡莱尔最中意的散步去处。对于他而言，那里满山都是风景，只要天气允许，他几乎每天都想去那走走。

【注：见他 1821 年 3 月 9 日给弟弟约翰的信件】

苏格兰和英格兰的道路没有一条是我喜欢的，但我很喜欢漫步在从爱丁堡到艾卡尔菲亨的路上。这一段路，卡莱尔生前走过很多次，而我也要去拜访他出生的地方和墓地。当他还是个年轻人的时候，便和爱德华·欧文一起漫步在这条路上（苏格兰人把"漫步"称作"旅行"）。他少年时代曾独自走在这条路上，有时也与比他大的男孩子一起去爱丁堡学院。他在回忆录中写道，他再也没有在其他

Part 3 卡莱尔故乡

地方有过这样饱含深情的、忧伤的、若有所思的、事实上也极为有趣且大有裨益的旅行了。"虽然没有同伴,但脚下的草发出的沙沙声,清泉的叮叮咚咚声,偶尔能听到野生动物的叫声。""有时候,天气晴朗的如同意大利的天空(同欧文在一起的时候);有时候则是阴雨连绵,天永远是一望无际的灰色,压在头顶。后者也许更加符合某些时候的心境。这个纷扰的世界,快乐和悲伤,光明与黑暗,全部都属于你一个人。如果合适的时候,你可以光着脚丫,把鞋与袜子挂在肩膀上,或挂在手杖上,口袋里装上梳子和干净的衬衫,把所有的东西带在身边。寄宿在牧人之家,他们有干净整洁的农舍,安全健康的鸡蛋,牛奶和燕麦粥,床上有干净的毯子,牧羊人热情好客,谦恭有礼。"

但是一个人怎么能在没有同伴的情况下,静静地行走一百多英里,尤其是在每小时都有火车经过,而且口袋里还有多余钱财的情况下?坐火车既省力又节省时间,但是也将因此失去亲身体验的机会。这个小巧玲珑的小路很有魅力,像坚硬光滑的地面上铺上了砂纸。以至于脚一落地就很轻易的打滑。即便是盛夏,地底最清新的味道也会洋溢在空气中。一吸一呼之间,都充满了凉爽与清新,好像附近有一块没有融化或者刚刚融化了的霜冻。

在我们以火车代步的时候,我知道了他们以托马斯·卡莱尔的名字命名了我们在爱丁堡坐的那趟火车,这让我很欣喜。这个绰号很形象,他本就是一个拥有炙热的心和钢铁般眉毛的庞然大物。我认为它的原主人对它有长远的打算，他坦白曾有一次花了很长的时间去寻找当初为他的船命名的船长。他成了自己的英雄，一个拥有神授之权的领袖，掌控着蒸汽这珍贵的能源。

　　人类的视力还没有办法适应火车飞驰的速度。蒸汽在我们肩头轻拍着翅膀，却还是飞不起来。没有鸟类的眼睛和飞翔的高度，我们一样可以有鸟瞰的视角，没有那样的宽度一样可以长途跋涉，没有那么大的种群一样可以看到最细微的存在。即使这样的速度只会带给我们成比例蔓延的视野，即使这样悠闲的观赏与一瞥间的景色并没有不同。确实，当一个人想到这里，想到这么短的距离，还要选择坐火车的方式旅行，撇开不舒服不说，根本就像没有旅行过。那跟绑在家里的摇椅上又有什么不同。除了最远处的物体，剩下的一切看起来都是变形的。如果选择飞机呢，要知道飞机这种交通工具可是独断专制，不讲道理的，舷舱外几乎什么都看不见，你也不知道飞机所在的经纬度。只能由着它，飞到某一个合适的位置，我们这些乘客才能有幸瞥到外面的美景。想到那日从爱丁堡南飞的旅行，只有一个大概的印象了，只能想起那个不加粉饰的乡村是多么的洁净，在一片宽阔的斜坡上升起，既没有森林树木，也没有杂草和灌木丛，没有什么可以隐藏或破坏这一片绿色。人们对于这一片草的印象大概类似于北极地区的雪，漫山遍野蔓延开来。还有那群山和乡村，生活在这里的威尔士人，以及如绿宝石一般的远景。

　　为了不让火车完全剥夺我观景的机会，我在洛克比下了车，那

Part 3　卡莱尔故乡

是苏格兰的一个小集镇，步行走完了到艾卡尔菲享剩下的这一段路程，大概有六英里。那是六月一日，午后的阳光明媚地洒下来。我在这个美丽的地方还没有待满两周，依然还处在旅行的蜜月期呢。路面像海滩一样光滑整洁，只是更坚实一些，走在上面十分愉悦。第一拨红色三叶草已经绽放，如果那一日我是步行回家，可能早就发现了。相比美国人，这里的本地人面颊更加红润，这儿的三叶草花也要比美国的艳丽一些。我在其他地方也有观察过这些小花，通常在这个季节里，颜色更多，花期也更长。因为这个季节拖得很长，更凉爽，所以所有的作物和花朵都比其他地方成熟的慢。花朵则普遍都带着一点粉色或红色。黑莓的花整片花瓣都是粉色或白色，伞状的花骨朵，像蓍草一般，偶尔还点缀着一抹玫瑰红色。白色的雏菊才露粉红色的尖尖角（苏格兰人叫他"春白菊"），这意味着猩红色的罂粟花不久以后将会散落在谷地的各个角落。夏枯草的颜色要比美国的深好多。还有一种老鹳草，和美国的天竺葵类似，只是颜色更深更浓郁。但是与美国的花相比，在秋天，他们成熟的果实和树叶将会褪去这些鲜艳的颜色。

农场作业一直都是最吸引我的目光的，不管在当地还是其他地方，都是为胡萝卜和土豆开沟犁耕的时候，每一个步骤都是极其精准的。这让我想起艾默生在他的诗篇中写道，这片岛上的作业不是由铁犁完成的，而是用铅笔。因为那些线条看起来笔直而统一，就像拿铅笔和尺子画出来的一样。我在路边问一个正在劳作的农民他们是怎么做到如此的精准，"啊"，他说，"我们苏格兰人就是一把尺啊"。这里和英格兰都把犁地作为一种精美的艺术来学习。他们甚至设立犁地比赛，奖励最漂亮的犁沟。因为都是种土豆和胡萝卜的缘故，大家耕作的方式都是一样的，先松土，然后犁地，交叉犁，打碎土块，再耙地，用铁链耙，最后轧平。每一株连根拔起的草都会被女人和孩子们小心翼翼地捡起来，或是烧掉或是用马车运走，只留下如纸一般洁净的地面，然后由农夫犁下艺术品般的线条。犁是一种又长又重的农具，需要两匹马来拉，两个犁刀将泥土分向两侧。农夫靠木桩的引导犁开第一条犁沟，以这条完美的犁沟做参照，完成接下来的工作，然后地面会呈现出完美统一的脊线，像是一次冲压成型的产品。这座岛上从这一头到另一头，每一片被犁开的土地和种植的田野像出自同一个行家之手。

我来到了距离洛克四英里的名叫"梅英山"的农场，卡莱尔家族在此生活了很多年。弗鲁德在他的书中写道，诗人卡莱尔在这里第一次读到了歌德的诗篇《干枯的河道》，并翻译了著名的《威廉·麦斯特》。大地平缓地向南方和东方倾斜，给了这些地方广阔的视野，但是并不像弗鲁德所描绘的那样荒凉和寒风凛冽。庄稼看起来长势很好，而田野则平坦肥沃。土壤则是到处可见的黏土。一片准备要种胡萝卜的坡田毗邻公路，地已经犁好了，田地的主人是个严肃谦逊、话不多的农民，他不断地从挂在他肩膀上的袋子里取出化肥洒在犁沟里，一个小男孩牵着马车，跟在农夫后面在犁沟里播撒厩肥。在

Part 3　卡莱尔故乡

他身后，一个穿着木屐和短裙的女孩子用耙均匀地把厩肥平铺摊好。在苏格兰，某些田地里的活儿都是由女人和小女孩们完成的，他们负责施肥，播种和捡起杂草，像男人一样晒草和收割。

卡莱尔夫妇住在这个农场的时候，他们的儿子在安南的一所学校教书，后来去了柯卡尔迪，遇到了欧文父母省吃俭用，给卡莱尔寄去了干酪、黄油、火腿和麦片。之后新建了一栋农舍，但保留了老房子。1817年，卡莱尔父亲在写给他儿子的信中提到了这件事。教区的牧师也印证了我所说的："你妈妈迫切地希望在他来之前就把房子建好，不然她只能跑到山后找个地缝钻进去了。"

从梅英山顺着公路慢慢往下走，来到艾卡尔菲亨村庄，距离村子一英里或更远的地方，就能看到标志性的教堂，塔尖高高耸立，教堂的身后是长满了欧洲赤松的山丘。不一会我就进入了村子的主干道，在卡莱尔少年的时候，有一条小溪穿城而过。后来当地一些有魄力的村民埋填了这条小溪，从此没有缓缓流淌的溪水，也不见了溪水上架的小桥，只看到一条由鹅卵石铺成的宽广大路。多半村舍都显得非常简陋，紧贴着人行道的外缘。这个美丽的棕色石头建筑是教堂，十分具有现代气息，比起眼前的这个小村庄，它仿佛与一座富饶的城邦更相宜。它身后的公墓里葬着伟大的诗人卡莱尔。当我走近的时候，看见一个小女孩正坐在大门旁的路边一边梳理她的乌黑卷发，一边等她的妈妈和哥哥，他们还在村子里磨磨蹭蹭。三两个男孩在树篱外收割荨麻，他们说，把荨麻上面的芒刺煮掉后可以用来喂猪。墓地另一边的街道旁，牛群悠闲地吃着草。

我那时一定想当然的以为以卡莱尔的名声与建树，把他的坟墓与其他人的区别开来极其容易，所以我根本就没有打听他具体被安葬在哪里。后来，当我穿过墓地的大门，门前的安南路穿过一面高大的石墙，我沿着最残破的一条小道向着远处的崭新、庄严肃穆的纪念碑前进。走近后却发现大理石上刻着一个陌生的名字，我一下子不知道该如何是好。我一个接一个地寻找，得到的依旧只有失望。我找到了一排卡莱尔家族的墓，但是我要找的卡莱尔却不在其中，我朝圣的热情因为这些阻碍慢慢冷淡下来。一个人可以忍受多少次这样的失败呢？卡莱尔已经逝去，正如他活着一样，当你来到他的身边想要献上你的敬意，他必定要让你碰那么一两次钉子。

不久，我看到托马斯·卡莱尔的名字赫然出现在某个家族坟墓内的一块大理石上，但这后来被证实是大名鼎鼎的诗人卡莱尔的一位侄子。不管怎样，最终我还是找对了地方，那里就是我要寻找的卡莱尔家人，墓地长约十六英尺，宽约八英尺。被高大的铁栅栏包围着。最新的那一座墓要比其他的更高更显眼，但是旁边没有一个可以识别它主人的石块或者标记。我相信，自我拜访以后，一定会立起一块石碑或者纪念碑。墓地四周长满了野草，其间绽放着几朵雏菊和蓝色花瓣的虎尾草，甚是好看。这个伟大的诗人头朝着南方或者东南方长眠于此，右边葬着他的父母亲和姐姐，左边葬着他的弟弟约翰。我得知这一圈铁栅栏不是他自己的意思，而是他父亲生

Part 3　卡莱尔故乡

前为家族修建的。如果是卡莱尔的话,他可能会把栅栏的高度整个切掉一半。除了大的出奇的墓碑,这个墓地整体来看是美式风格的。它坐落在教堂后身,但又独立于教堂,更像是一处墓地花园,不像一些年代久远的教堂,墓地是围绕教堂而建,或者建在教堂地下。我注意到这里跟其他地方一样,都会在墓石上刻下墓主人生前的营生和职业:某某人,泥瓦匠,裁缝,木匠,又或者是农夫等等。

一对年轻的夫妇在离墓地几步的一个树苗圃里工作,我走上前,隔着稀疏的树篱,和他们攀谈了一会儿。他们说他们见过卡莱尔好多次,并且看起来对他敬爱有加。这位年轻人说看到他夏天来过,没戴帽子,伫立在他父母亲的坟墓前。"他在那恭敬地站了好久",年轻的园丁说道。我知道这是卡莱尔一如既往的习惯,每个夏天他都会像朝圣一样来到这里,在坟墓旁久久驻足,徘徊在这些墓地之间。他最后一次来,是在他去世的前几年,他的身体已相当虚弱,以至于得靠两人搀扶着才能走进墓地。他的这个习惯使我想起了他在《过去与现在》中的一篇文章,说到中国历代帝王的宗教风俗(这是他们最重要的仪式之一),每一朝的帝王和他的千万子民,每年都会给祖先们或是父母双亲扫墓。每一个人都庄严肃穆,怀着景仰的心或是其他的五味陈杂的心情独自沉浸在静默之中。他们头顶的天空也显得寂静无比,连同他们面前这座最神圣的坟墓也是安静的,只有灵魂悸动的声音清晰可辨。这真的算得上是一种信仰。的确,如果一个人没有一瞥来世,没有一瞥这来世的入口,他还能看透什么呢？

卡莱尔对他家族的敬爱之情流露于他那最出众的人格魅力中，他对其他的人类多多少少有一些蔑视，而这种对家族的热爱恰如其分地弥补了这个瑕疵。从未有一个人被家族烙上如此之深的印记，也从没有一个家族拥有卡莱尔家族这样强劲的凝聚力。通常情况下，从农村走出来的杰出人物，都是"一人得道，鸡犬升天"，但是卡莱尔依旧如初，他是他的父母亲的缩影，只是更为出色。他父辈们那慷慨激昂的讲演，在他心里生根发芽，像被大马士革刀砍碎，大锤碾碎后一字一句地放在他的心里。他继承了父辈们最强大最优秀的品质。这些在古老的维京人体内沸腾着的品质，穿过岁月，流淌在卡莱尔的血液里。卡莱尔不仅是苏格兰人，他还是一个维京人。他心中有澎湃的斯堪的纳维亚气息，一次次地碰撞着维京人原始好斗、恃强凌弱的彪悍民风。雷神之锤中有建造这个锤子的那些泥瓦匠的心血，无论在过去还是现在，精神还是肉体，他终归是苏格兰人。约翰·诺克斯与苏格兰古老的誓约者长存在他心中，一同见证他热忱的宗教之心。他对信仰的坚定，他的挣扎与痛楚，目睹他的蜕变，伟大的爱尔兰诗人奥西恩活在他心中，注视着他忧郁的追思，聆听他沮丧的悲叹。尤其是，正如我所说，他心中存活着他勤勤恳恳的农民父辈们，所有的这些成就了他在十九世纪的文学作品。

卡莱尔的灵魂永远属于苏格兰，一种朦胧的乡愁一直围绕着他。"我唯一看到的太阳升起的山丘，"他在《过去与现在》一书中写道。

Part 3　卡莱尔故乡

"当太阳与我，与万物一起享受他们耀眼的光芒时，谁能将我与他们分离开来？那种奥秘，如地心一般神秘莫测，我追寻着这奥秘踏上了我的乡土，没有哪一颗树，可以像我一样，深深扎根故乡的土地。"字里行间流露出了怎样的感怀与悲伤！他的家族世世代代，在这片寂寞的荒野上，辛勤劳作，与贫穷和困苦做斗争，维持着并不富裕的生活，直到最后与土地融为一体，血脉相连。在这样的斗争中，家族成员是怎样紧紧地团结在一起，又培养出了怎样深厚的情谊啊！卡莱尔家族把真心与良知投入工作，他们自己本身所生活的时代、思想与忧愁都是修建房屋的砖瓦水泥，他们那长满皱纹的额头上淌下的汗水浇灌着脚下的大地。卡莱尔的父亲詹姆斯·卡莱尔，在时隔五十年之后，再次来到奥德加斯桥，想起年轻时在这里挥洒的汗水，不免一阵唏嘘。如今卡莱尔，凝视着这座桥，想起父亲生前告诉过他的点点滴滴，也不禁感慨万千。"就好像蓦然回首，已是半个世纪。"虽然那个兢兢业业的时代已化作历史，但属于他们的篇章将永垂不朽。他们无声的将信仰倾注于工作，最终在他们优秀的后代中间结出了硕果。这让他回眸，这让他悲伤的凝视，他身后的土地神圣无比，他逝去的祖先在坟墓中呼唤着他。没有什么比贫穷、勤奋与苦难更能增强家族的凝聚力。如同熔炉的热量才能造就特有的品性，如同压力才能造就完美的地层结构。人们回忆起，卡莱尔的奶奶曾在深夜把叫孩子们叫起床，他爸爸是这些孩子们中的一个，用一餐燕麦蛋糕喂饱了这些好久没吃饭的孩子们，从他们铺床的稻草中抽出一些来生火，无疑，这些困苦经历也深深地影响着这些孩子们。

　　卡莱尔的遗骸应当回归故土，回到亲人身边，他本就与家族紧密相连，尤其与他的母亲感情深厚，所以葬在母亲的墓地旁是最合适不过的。我想起他给在德国学习的弟弟约翰的信中对母亲的描述，他的母亲去爱丁堡探望他，他在信中这样写道"我在里斯码头接到了她，她站在你的船只消失的地方，湿着眼眶眺望着东方蔚蓝的海水，对着寂静的海面自言自语'他什么时候回来'，我们慈祥的母亲啊。"

　　为了看到更多艾卡尔菲亨的人文和自然风光，在闲暇的时候更多地了解这个国家，我带上妻子和孩子们来到洛克比。我们在这里消磨了几天时间，投宿在安静整洁的布什旅馆。我穿梭于附近的街道，看到了很多的小鸟、野花、当地的民众和农作的场景。用一天下午去了斯科特布里格，卡莱尔一家离开梅英山之后就住在这里，他的父母亲都在此过世。用一天去了安南，一天去了悔罪山，另一天翻过这座山去了科特尔桥，品味和发现这片土地的美好。时间仿佛在这里停止不前，一个最好的证明便是，我们还能够找到当年卡莱尔出生的房子，由他父亲所建，虽然距今已有八十七年的历史，但青砖碧瓦如初，看起来还能屹立几个世纪。沿着磨损严重的石头台阶拾级而上，走过石头地面，来到一个小房间，就是在这里，卡莱尔第一次睁开了眼睛。我怀疑这间房子的窗玻璃也还是那个时期的。这是一个安静而简陋的村庄，道路由鹅卵石铺成，穿着木屐走在上面发出咔哒咔哒的声音，这个村庄还是卡莱尔年幼时的样子。低矮、

Part 3　卡莱尔故乡

简陋，石头地面的房子紧挨着人行道修建，仿佛一抬脚就能登堂入室。底层的英格兰人或者苏格兰人在乡下建的房子，要么背朝大路，要么离大路有一段距离，中间建上马厩和棚屋，或是用高高的结实的栅栏把房子团团围住，完全地阻挡住你的视线。而这个村庄，人们却把房子建的大明大敞，如果可以他们恨不得把前厅连到人行道上。在街道与前厅之间没有一点遮挡，方便二者自由沟通。至少大多数比较久远的房子是这样的情形。总的说来，苏格兰的村舍比起我们更加公开，少了很多私密性，乡村住宅则更为隐蔽。除了标志性的教堂，艾卡尔菲亨唯一能和百年历史的村落区分开来的特别之处是一座巨大精美的石头建筑，那是一所公立学校。它让这片村落与众不同，仿佛在某种程度上能够勾起人们对于卡莱尔的回忆。有人曾告诉我，事实的确如此。他第一次念书的地方是一个低矮简陋的住所，现在位于教堂身后，成了墓地和安南路边界的一部分。

过去的一些时候，我习惯站在窗子边，看那些工人们走在上班的路上，孩子们三五成群去上学，或是去打水。而傍晚和清晨，女人们则从草地上把奶牛牵回来挤奶。六月的黄昏，太阳落的很慢，挤奶工作要一直延续到九点才会停。我遇到了两个场景。第一个是在一场大雨中，一个形单影只的年轻女士戴着大大的帽子，全身都湿透了，缓慢地穿过街道，走走停停，用忧郁但却悦耳的声音唱着歌。她的歌声有一种穿透人心的幽怨的味道。不时有一些路人在她脚边扔下一点钱。一个曾在旅馆服侍过我们的爱丁堡小姑娘，头发是比苏格兰人普遍的金色头发偏红的颜色，走进雨里给了那唱歌的女人一个便士。收了几个便士后，她不再唱歌，随后便消失了。我也不知道她去了哪儿，只是猜测可能是去花钱买酒喝了吧。我注意到没有人会对她动粗或者无礼，男孩子们会偶尔驻足凝视她，但是都不会发表评论，或者指指点点，更不会扮鬼脸。另一天下午，一个巡回演出的团队把帐篷扎在了街道上比较宽阔的地方，这种新奇的手风琴演奏，把村子里所有的小孩都吸引过来了。门票要一个便士，我跟其余人一起进入，看到了一个小个子男人，一只大狗，一家人其乐融融，几个脸脏兮兮的男孩和女孩，老实规矩地待在一起。跟艾卡尔菲亨的男孩子们不太容易打交道，我攀谈了几个都不太成功，他们大多安静和害羞，怕生，但跟所有的农村孩子一样是生来的自然学家。如果你想知道哪里有鸟巢，就问这些男孩子吧。因此，一个下午我在安南路上遇到了三两个男孩，便向他们问询，刚开始他们显得很冷淡，不愿意回答我，但是我说明了我是真诚的想知道，真心想要他们指给我鸟巢的地方。为了以示奖励，他们指出第一个鸟巢我就给一个便士，第二个给两个便士，第三个给三个便士……开出这样的价码，最后的结果就是我的口袋迅速地瘪了下去。这些孩子们好像知道附近的每一个鸟巢，而且我猜他们刚刚在周末已经见过他们那些长羽毛的朋友们。他们转身朝我腼腆地笑了一下，一句话没说，带我沿着路走了几步，停在一个树篱前指给我看一个有雏鸟的篱雀巢，鸟妈妈就守在附近，嘴里还叼着食物。杜鹃非常喜欢

Part 3　卡莱尔故乡

篱雀的这个安乐窝，就像莎士比亚的一首诗中所写——"篱雀养大了杜鹃鸟，长大的小雏儿把自己的头吃掉。"

这种鸟其实不是雀类，而是一种鸣鸟，跟夜莺很有渊源。之后他们带着我走上一条很美丽的小路，分开树枝，里面是一个有蛋的麻雀窝。我首先看到的是开在岸边的一簇野生三色堇，映的河水也更加明亮了。他们互相商量了片刻，又带我找到了一处知更鸟的巢穴。这个建在河岸边的鸟巢看上去很暖和，外形类似一块长着苔藓的石头。然后我们向另一条小路进发，他们向我展示了一个黄雀的巢穴，黄雀也是雀类的一种，也在地上建巢。这座巢穴的前面似乎有一个用干桔梗建造的粗糙的平台，像门槛石。他们还向我展示了另外几个篱雀和苍头燕雀的巢，而那些孩子们说，那个苍头燕雀的巢穴已经被"扫荡"过了。这些都是他们顺路免费展示给我的。在墓地附近一个废弃的水泵旁边，他们给我看了一个大山雀的巢。他们还提议要带我去见识一下花鸡和画眉的巢。但是我说，这两种鸟的巢我已经看过不少了，好奇心已经满足了。我问他们还知道其他的鸟巢吗？当然了，他们还知道一大堆呢，他们还知道离村庄很远的地方，米得比路上有一个鸫鹆巢，里面整整有十八个蛋。那好，看完这一个我可能就真正满足了，我的钱已经所剩无几了！然后我们穿过村子沿着米得比路走了将近一英里，孩子们静悄悄的，像参加葬礼一般，不说一句话，没有一个笑容。我们走得很快，傍晚也很暖和，在苏格兰，这算是个好天气了。孩子们偶尔皱着眉头，耳尖穿过发丝，红彤彤的。我觉得我们已经走了很远了，就问孩子们"小伙子们，还有多远了？""快到了，先生"，不久，他们加快了步伐，我知道我们马上要到了。原来这是个柳林鹪鹩的巢，又名柳莺，巢穴构造精美，上面是一个圆形的穹顶或遮篷，巢穴里面铺满了羽毛，里面塞了不少蛋。但是没有十八个那么多，孩子们说有人告诉他们这种鸟一次能产十八颗蛋。其实普通的鹪鹩就能产这么多，甚至更多。最打动我的还是孩子们一本正经的样子，回去的路上我们看到了好多已经被"扫荡"一空的巢。有一个年长一些的男孩叫托马斯，他听说过托马斯·卡莱尔，但当我问他觉得这位诗人怎么样的时候，他只是尴尬地望向路面。

而另一次偶尔遇见的老修路工，倒是对卡莱尔有些见解。那天我正在走向悔罪山，他驾着"机器"赶上了我（其实是一辆马车，在苏格兰，所有马路上的交通工具都被称作"机器"），坚持捎我一程，让我坐在他的边上。他有一匹白色的小种马，他说那匹拉车的白色小马"已经21岁了，先生"。他这辆笨重的、嘎嘎作响的两轮挂车，不得不说，实在是有些年头了。我们说了不少马路的事儿，他问道："美国有这样好的路吗？"唔，我该如何回答呢？他又问："你们那儿有'金属'和石头吗？"太多了，我告诉他，但是我们还没有掌握修路的艺术。听到这，他立马来了精神，要给我好好说说这其中的门道，他确实是认真地思考过这个问题。他在美国有一个叔叔，但是已经完全失去联系。他见过卡莱尔很多次，"但是这

Part 3　卡莱尔故乡

里的人们对那个家伙不感兴趣，"他说，"他从来没有为这个地方做出什么贡献。"说到卡莱尔的祖先时，他说："我们这里称卡莱尔一家为恶霸，先生，如果你穿过他们门前的路，他们会杀了你的。"然后又为我讲述了一些添油加醋的"艾卡尔菲亨混战"的故事。在卡莱尔的回忆录中也有记载。这个年老的修理工说，当时这帮恶霸聚在一起欺压民众，恐吓或杀害了这个地方一半的人。"不，先生，我们这里的人一点也不喜欢他。"说罢便狠狠地给了他的马一鞭子。但是他却对我们在路上碰到的女学生很感兴趣，一路捎带她们，直到马车都坐满了。还顺道把这些女孩们往家里送了一程。过了安南桥我就下车了，独自走了一小段路，来到悔罪山。一片绿色的草地一直延伸至索尔维。屹立在山顶的塔楼是这里众多有趣的遗迹之一，但是关于它的历史和用途，已经没有人知道了。这是个粗造的石料建筑，大概占地三十平方英尺，高四十英尺。只有一道门，门楣上用古英语大大地刻着"悔罪"两个字。墙壁被步枪和弓弩打得千疮百孔。一片年代久远的废弃墓地包围着这个塔楼，后面是一个小礼堂，塔的基座下面有一些兔子洞，谷底是贵族的城堡，城墙上插着旗杆。时间刻在每一块石头上，一块从墙壁脱落下来的灰泥也许已经有三百年或者四百年的历史了。我捡了起来，发现它几乎跟石头一样硬，颜色灰暗，布满地衣。回去的时候我在安南桥上站了好一会儿，凭着护栏观赏清澈见底、打着旋涡的河水，不时还有鳟鱼跃出水面。行人们不论何时来到这些拱桥上，都会驻足仰慕。这与他之前所熟知的一切实在大不相同。这是货真价实的高架桥，不仅带领游客经过，还会让大道畅通。拱桥建造完美，无可挑剔。没有一点画蛇添足，一砖一瓦不多也不少。对于建筑，我们或许还可以挑剔这个挑剔那个，但是这些古老的桥，却是满足了所有人的幻想和期待。它兼具诗歌的美感和数学的精准，还有一些横跨安南河的桥年代更加久远，却鲜为人知。道路从两旁缓慢地升起，在拱桥的正中汇合。更平添了些许魅力，显得更有生机。现代的桥，为了突出实用性，顶部都是水平的。两个工人在桥上聊天，说只要得到城堡工作人员的允许就可以来这边钓鱼。莎士比亚是这样歌颂无足鸟的：

"即便踏上死亡之路，也要将巢穴筑于迎风的外墙。"

我看到有一对无足鸟在我们旅馆的对面，一栋建筑的屋檐下的突出的铁架上筑巢，这地方的确有"死亡"的危险。某一天，工人们开始刮墙，为重新刷漆做准备，不小心把这个"生命的摇篮"打翻在地。燕子们没有就此放弃，第二天起了个大早，赶在工人干活之前开始筑一个新巢。顺便一提，苏格兰人到处都会刷漆，甚至连墓碑都不放过，多数是把墓碑棕色的石头刷上白漆。有一次家里的年轻人召集了一些油漆工准备为他们的房子刷漆，但卡莱尔的父亲坚决地把油漆工赶了出去。"你们的脚上都沾满了沼泥，还想刷我的墙？你们碰都别碰我家的门！"但最后油漆工们还是报了仇，这个老头子的墓碑还是被刷上了漆。

一天，我去拜访了一个杂草丛生的墓地，顺着科特桥的方向，

Part 3 卡莱尔故乡

在距离村子大概一英里远的地方，这里有一些卡莱尔家族老辈人的墓地，其中一些是卡莱尔的叔伯们的。卡莱尔这个名字在这些古老的墓地里频繁出现，明显这是一个庞大而勇敢的家族。托马斯是特别受欢迎的名字，因为我在两块墓地的八座墓碑上看到了托马斯这个名字。我看到的最古老的卡莱尔家族的坟墓属于约翰·卡莱尔，在1692年逝去，他的墓志铭是这样写的："这里长眠着约翰·卡莱尔，佩内斯奥斯人，逝于1692年5月17日，享年七十二岁，配偶珍妮特·戴维森逝于1708年2月7日，享年七十三岁——儿子约翰立"。

我经常在教堂墓地内看到那位老司事，他住在卡莱尔的房子里。他非常了解卡莱尔家族，有一些关于卡莱尔父亲的非常有趣的轶事，这位令人生畏的詹姆斯，总是以他率直的言论被人口耳相传。这位司事骄傲地指出，教堂拥有几座著名的坟墓，包括老皮尔的墓。他说，很多古老的墓穴都已经"死掉"，没有人承认和认领它们，名字已经斑驳，这些土地只好被二次使用。在这片古老的墓地上，一般的墓穴大概只能存续两百年，超过这个年限的墓穴几乎看不到，但卡莱尔家族是个特例。没有人像他们一样，只要卡莱尔家族的人一张嘴你就会了解他们的脾气性格。他们好像在对一面冰冷的墙说话（他们总是直来直去）。卡莱尔对这种"家族风格"也有过描述。"我的风格"当他三十八岁的时候，在日记本里记道："和所有人都不一样，我说出的第一句话总是能把我的性格暴露无疑。"的确，卡莱尔的行事风格广受诟病，但这是他的一部分，不是刻意为之。

就像他狂乱的发丝和刚硬的胡须以及朦胧的眼睛是他身体的一部分一样。他继承了这样的风格。泰纳说他性格中野蛮的特质其实是继承自他强壮的泥瓦匠祖先。他的父亲是个靠体力谋生的建筑工人，而他可以说在某种程度上，也完全继承了父亲的血脉。他的父亲把砖石砌成墙，而他的诗句也像石墙一样坚实有力。除他之外，再也没有一个作家可以做到。前无古人，后无来者。

我在村子一英里外的车站偶尔会碰到陌生人询问去教堂墓地的路，但是听闻最近的朝圣者和拜访者的人数锐减。在他葬礼后最初的几个月里，前来凭吊的人络绎不绝，连墓地的草皮都被踩的翻了起来，但自从他的回忆录出版之后，就鲜有人来此祭拜。一个真正喜欢卡莱尔的人不会因为他的回忆录而感到不安，而他众多的追随者中不乏一些只看重他名气的人，而那些在他死后凿坏他的墓碑、扒掉他墓地上的草皮的人，才是真正的魔鬼。

最让人惬意的一次散步是在去安南的路上。欧文的名字还存在于此，但是我相信他所有的近亲都已经不在人世了。街道对面，欧文出生的小房子上挂着一个牌子："爱德华·欧文，一个屠夫"。"爱德华·欧文，弗莱舍"。在格拉斯哥的时候，我拜访了欧文的墓地，在大教堂的地下室里一个最阴暗的角落。让我深为感动的是，欧文墓地前做指示用的青铜牌子闪闪发亮，而他周围的那些某某阁下，某某女士的指示牌则黯淡无光，锈迹斑斑。是被一位忠诚的追随者擦洗过，还是有太多的人驻足在此沉思而磨亮了这面青铜碑？

如果不是因为与卡莱尔的交情，欧文的名字也许早就被世人遗忘了。欧文姓名牌的反光很可能只是世人对卡莱尔的深沉怀念投射其上。两位如此要好，一定在很多方面有着惊人的相似。但是欧文不是个现实主义者，他的文字不能掷地有声。在铁锹里面点燃火药，和在枪管里点燃火药，威力完全不同。欧文属于前者，在瞬间发出灿烂的光芒，但很快便消失于烟雾中。

有的人像钉子，很轻易地就会被拔出来，而有些人则像铆钉，打进去就拔不出来。卡莱尔就是铆钉，他不会屈服于任何人或事，也不会迅速被人遗忘。一些同他持不同意见的人污蔑他就是个演员，一个江湖骗子，一个雄辩家，但是他忠实于自己的目标，并且破釜沉舟地前进。看啊，他那踽踽独行的身影！他说："世上只有一种**魔鬼**，就是懒惰的人。"他不仅是"工作"这个福音的布道人，他就是"福音"本身，自始至终都是一个不屈不挠的工作狂人。看他那不服输钻研的劲头！他像一个建筑大师一样，不断地寻找坚固的地基，在垃圾与流沙中披荆斩棘，直到碰到那一块坚实的石头。他的每一个评论文章都需要花费一个月甚至更长时间来完成。他用了九个月的时间研究《拼凑的裁缝》，《法国大革命》用了三年，《克伦威尔》四年，《腓特烈大帝传》则长达十三年之久。如同他的父亲帮助他修建了奥德加斯桥，让旅者安全地从桥下的惊涛骇浪之上走过，他的那些书也让读者们穿越了迷雾，消除了困惑。他在原本没有路或者只是一条歧途之地建起了大道。卡莱尔著书的目的只有一个，那就是要帮助人们跨过迷惑的沼泽，征服混沌的深渊。从没有一个建筑师或者工程师有这样切实具体的目标。他毕生的目标就是为了引导读者与他共同前行，而不是哄骗和取悦。他藐视一切坑蒙拐骗、轻浮焦躁的行为。他对诗歌和艺术一向反感，他认为人们已经看够了太多的戏耍和轻浮。他的工作从来不是可以轻易完成的，不是三下两下便可应付了事，总是伴随着痛苦和挣扎，就好比将防洪柱栽进湍急的洪水之中。他从先辈那里传承的不屈不挠的精神永远是他的信条。似乎他母亲的殷切盼望在分娩时就为他打上了胎记。整个宇宙都在他身边翻江倒海，竭尽全力地想吞没他。万物都幻化成恐怖和鬼怪的形状，他生活中没有一点快乐或平静可言。他所做的每一份工作都是与混沌和黑暗做斗争，无论真实的还是幻想中的。他曾说写作《腓特烈大帝传》是一个噩梦般的过程，而《克伦威尔》则像是在漫天尘土中前行。就我所知，对于文学创作，卡莱尔是唯一一个会用这样极端痛苦的方式写作的人。当写作的重任压在他的肩膀，他身体内继承自祖先的强大的、倔强的、勇于抗争的无声的力量，不再沉默，慢慢觉醒释放，并且一发不可收拾。这股力量取之不尽用之不竭，如石破天惊。每一本书，都会掀起惊涛骇浪。完成一份简单的工作，或许能带给别人快乐和满足，带给他的只能是绝望。能让他振奋的不是遣词造句带来的成就感——作为一个多产的作家和演说家，他也深谙此道——而是对目标的迫切，力量的碰撞，是征服恶魔的欲望，更是帮助人们摆脱"麻木不仁"的信念。他著书不多，流传下来的也很少，但现存的每一部都是精华，凝聚着作者的心血。他会赞扬沉默，歌颂工作。"无法言说"是他文字的核心，只可意会不可言传。孤独无时无刻不在他左右。他的书晦涩难懂，对大多数的读者来说都是一次痛苦的阅读体验。他的风格好比石头铺就的路，好的时候惊世骇俗，不好的时候也同样惊世骇俗，优点与缺点同样鲜明。

在《过去与现在》中，卡莱尔无意识地描绘出了自己真实的生活与性格，比任何人都更不加掩饰："生命对于人们从来不是五月天的游戏，而是战斗与进军，是权力与力量的较量；不是慵懒地走过春夏秋冬，碌碌无为，流连于歌声和美景，而是穿越烈火、无尽的沙漠，走过冰天雪地后的涅槃。他走在人群中，以难以形容的温柔怜悯地爱着每一个人，如同这些人并不爱他。但是他的灵魂隐居在一片孤独之中，在最隐秘的深处。在长满棕榈树的泉水旁的绿洲上，他会稍作休息，但不久又会在恐惧与壮丽、天使与恶魔的护送下继续他的征程。不论天堂或者地狱，都是他的护卫者。"无疑一部分世人会认为是地狱和魔鬼在指引，但是也有些人并不这么认为，未来这些人的数量会越来越多。

Part 4

搜寻夜莺记

水蒲苇莺

在苏格兰虚度了五月的上旬，在英格兰北部消磨了六月的上旬之后，最终到达伦敦，一路走来，就打算凭着心情从容不迫地到处看看。但是我一点都没有注意到，这样的想法让我错过了我在跨越大西洋的时候为自己许下的心愿——聆听夜莺的歌声。直到六月十七日，我在萨里和苏塞克斯郡的交界处，靠近海兹雷摩尔的一片灌木丛里，一位伦敦朋友介绍给我的老农告诉我，我来的太迟了，现在已不是夜莺唱歌的季节，我才深深地陷入了一阵心烦意乱之中。

　　我们两个人一边品尝着苹果酒，这大概是我喝过的最烈的一种，一边聊着天。这位老农跟我说："我想这个季节夜莺不会唱歌了，我有阵子没听过它们的歌声了，先生。"

　　"太晚了！"我非常懊悔地说，"我本可以提前几周过来的。"

　　"是啊先生，现在这个时候已经没有夜莺了，五月来才能听到它们的歌声。就连杜鹃都没有了啊，在杜鹃走之后就更没有可能听到夜莺了，先生。"（英格兰一些地方的农民几乎在每句话之后都习惯性地加上"先生"，而且调子拖得很长。）

但是我在傍晚的时候听到了杜鹃的叫声，这让我一下子又充满信心。我后来才知道这里的乡下人总是把杜鹃和夜莺联系在一起，认为一种鸟停止歌唱的时候，另一种也不会再唱了。但是直到七月中旬基本每天我都会听到杜鹃的叫声，马修·阿诺德则把这个流行的说法在他的诗篇《酒神杖》中写了出来——

"百花已败，吾亦乘风去。"

莎士比亚的诗篇中也有写到——

"六月的杜鹃，只闻其声，不见其踪。"

直到八月份，才听不到杜鹃的叫声。我翻出了随身携带的吉尔伯特·怀特的书，应该早点拿出来的，他在书中写道六月十五日之后就听不到夜莺，这让我更加心烦意乱。但是各地的季节有所区别，我想，这些长着羽毛的歌唱家们总不会在同一天齐刷刷的都不唱了吧。传说乔治一世逝世的时候，夜莺们悲痛万分，整整沉默了一年。但是乔治一世直到六月二十一日才去世。这样说来，我还有几天的时间，我接着往下读，发现里面记载了在六月初花鸡也会停止歌唱，但我确实某一天还听到了花鸡的叫声，这让我又增添了几分信心。显然我已经没有时间可以浪费了，我正处于时间的分界线上，任何一天都有可能是这些歌唱家闭幕的时候。似乎是夜莺的幼鸟破壳而出的时候，夜莺就不再唱歌了。那之后，你就只能偶尔听到一两声，那是夜莺父母们责备和担忧的叫声。所以那些把夜莺忧郁的叫声归因于丧子就大错特错了。古罗马诗人维吉尔描绘俄狄浦斯在失去妻

Part 4 搜寻夜莺记

子欧律狄刻时的悲伤时写道——

"夜莺在白杨树的树荫间悲痛地哀嚎着,悼念她死去的孩子;羽翼未丰的雏鸟,被那个凶狠的雌鹿带走;留下她坐在树枝上孤单地述说,述说她的悲惨遭遇,整个树林都弥漫着她的悲伤。"

但是好像这跟夜莺的歌声没什么关系,夜莺的歌声是一种对新生命的希冀,是用来表达他们的喜悦和幸福,而不是一种悲痛的回忆。除非是另外一种情况——当雄鸟失去他的伴侣,他会一连几天的歌唱,仿佛是在呼唤失去的伴侣回来。在雏鸟死去或是飞走之后,雄鸟如果重新开始歌唱,那就表明新的一窝要开始孵化了,换句话说,这歌声一直以来都是预示着新生命的到来。至少,其他的鸣禽是这样的。所以我相信夜莺也是如此。如果画眉鸟的巢穴被破坏了,且季节还不算太晚的话,经过一周或者十天左右的寂静,这段时间画眉夫妻或是在默哀,或是彼此安慰。之后雄鸟便会重新放声高歌,雌鸟则开始搭建新的巢穴。所以那些描述鸟儿丧子哀嚎的情形实在离谱,其实这些鸟儿们在为新生命的到来而祈求和庆祝。从下午三点左右,一直到傍晚才能好好休息一下。

我陪着那个农民去了干草地,看到了他农作时用的割草机,这个机器在英格兰可不常见,大部分的割草和晾草还是要靠人力完成。草从机器的两侧抛下,不安的云雀在上空盘旋,生怕自己的巢穴会被破坏,在美国也可以看到食米鸟为他们的巢穴焦虑担心的场景。英格兰的天气阴晴不定,难以捉摸,不仅每天都有变化,就连一天内都会有差异，当确定不会下雨的时候，农民们才会决定开始割草。他们迅速地割倒了一大片，顾不上去看老天爷的"脸色"，如果运气够好，还能有充足的时间晾干，或是在两场阵雨之间运走。这是个周六的下午，眼下乌云低垂，空气也变得潮湿。但是农民说如果一有点迹象就收工的话，他们的草永远都晾不干。农场也曾有过辉煌的过去，可是今时不同往日，农场日益破败，农民的生活也越来越拮据。高昂的租金，对烈性苹果酒的严重依赖都促成了这一窘境。这个家族几代都在经营这个农场，如今很快就要被转手卖给别人，主人也乐意这样做。靠农场已经赚不了钱，靠什么都赚不了钱了。我问他："在这样的一座农场里主要靠什么获得利润？"

"唔，"他说，"种一点小麦，还有一点大麦，再就是养几头猪，也赚不了多少钱，先生。猪的行情倒是不错，但是小麦的话，很多都是从美国进口的。我们这边气候不好，种不出好的庄稼。每三年就有一年，种小麦是赚不到钱的，先生。燕麦也好不到哪里去，人们倒是想买，就是没钱啊，先生。真是把人往绝路上逼啊。"丁尼生在布莱克当有一处夏居，离这里不远。"应该是女皇的御用诗人吧，先生。""是啊，我经常看到他骑马经过呢，先生。"

跟农夫待了一两个小时后，我从农场出来，浏览了一番周边的乡村景色。这是一片荒野，并且很不平整，到处都长满灌木丛，簇叶丛生的树篱，是夜莺出没的好地方。我走上了一条两边长满灌木丛的小路，在林间前行了大概一两英里，旁边的平缓的谷底有一片

Part 4　搜寻夜莺记

寂静的草地和鳟鱼活跃的小溪。每碰到一个男孩或是一个工人，我都要向他们打听夜莺。可惜没有得到什么有价值的线索，也许是真的太晚了吧。"现在已经听不到了。"我在一条穿过草地，两侧长着灌木丛的小路上碰到的一个男孩说。沉思了一会儿，他说在两天前的早上就在这附近还听到过呢，"先生，大概是在七点，当时我正走在去干活的路上，先生。"于是我决定当天晚上和第二天的早上去他所说的那个灌木丛和附近的草丛里碰碰运气。附近有火车经过，这能让鸟儿不至于睡着。英格兰这个地方的灌木对于一个美国人来说出奇的多，我的第一个想法就是：太奢侈！看着原野中长满了灌木，仿佛又一次置身于一个自然的国度之中。在草甸和谷地旁，可以看到浓密的橡树林，还有栗色的豆芽菜，那些橡树，从十英尺到八英尺再到十二英尺，参差不齐。这就是众所周知的杂树林，是农场特别珍贵和多产的一部分。它们被细心地种植和管理，就如同我们经营的果园或是葡萄园。每隔大约五六年，杂木丛被砍伐一次，每一根树枝都要砍掉。这和我们美国的林中伐木如出一辙。粗壮一点的枝条会被捆在一起当作箍料出售，在附近的村子里，一些品相较好的短树枝会被做成扫帚，或者用来建造茅草屋，其余的废料用来烧火。

　　我大概在八点钟左右动身，直奔几小时前探察过的地方。在这个季节里，黄昏缓慢地拖延下去，一直持续到十点，天才会黑。现在已经九点了，我早就竖起了耳朵，可惜鸟儿的歌声却姗姗来迟。

我在灌木和树篱间逗留穿梭，看上去像是在黑暗中蓄意谋划着什么。我走在小树林中，绕过一个杂草丛生的花园，以及一个疏于管理的果园。此时我正坐在台阶上，倚着篱笆小门，急切地盼望着鸟儿们的出现。周围特别湿冷，更让我对这次"约会"变得不耐烦起来。我只带了一件胶皮雨衣，没带外套。只好在雨衣里衬了一层报纸，包裹在身上坐了下来，决心"驻扎"在这里，一直到鸟儿出现为止。在山谷的另一边，有一条小路穿过田野和树丛，时不时地出现一些男人女人，男孩儿女孩儿的身影。我旁边的那条小路也常有人在这薄暮中走过。这里的人们走小路的时候和大路一样多。小路上会有一些私人空间，而且能在这里看到大路上看不到的风景。这些小路是神圣的，踏上它，家的感觉越来越近，直通村舍的门，直通向过去那简单原始的时代。

不久，一个扛鱼竿的男人，全副武装，头上戴着帽子，身上披着外套，脚上套着靴子，穿过草地，来到我下手边的小河钓鳟鱼。真是一副旁若无人的样子！除了手中的活儿，其他的都抛到脑后。我甚至怀疑他有没有意识到离他不远的地方有火车经过。他手中的鱼竿如猎狗一般，循着气味追寻着猎物，除此之外没有任何东西能够吸引它的注意，所有的感官都专注于一点。他坐在河边，全神贯注，期待着能有所收获。水面下布满了他的诱饵，尽管钓竿不够长，他也毫不泄气，不知疲倦地重复这个过程。若是在美国，那些没耐心的垂钓者怕是早就跑的没影儿了。但是眼前这个渔夫，不急不缓的，每一竿都长时间地停留在水下，不放过任何机会。他那急切而小心翼翼的动作暗示出他的愉悦和专注。一旦鳟鱼上钩，他会迅速地在鱼头上轻轻敲几下，然后再丢进篮子里，好像在惩罚它们咬钩太晚。"下次能快一点吗？"（顺便一提，英国的鳟鱼没有美国的具有观赏性，它们长相普通，没有太漂亮的花纹，鱼鳞更为粗糙，也没有金色或红色的品种。）

过了不久，从一个灌木丛的角落里传来一阵独特的低沉的哼鸣声，我的内心为之一颤。我知道，那是鸟儿们终于开唱了。然后声音越来越响亮，四面八方传来了重复或是应答的叫声。听起来像是一种古怪的口技表演。我马上反应过来，那是欧夜鹰在叫。不一会儿，我的身边全是这种叫声——叽呃呃呃，又或是啜呃呃呃，些许的有点像美国蟾蜍的叫声，但是这个距离听的不十分真切。天色渐暗，鸟儿们的歌声也停止了，渔夫收竿离开了。周围没有一丝声响，就连一两声孤独的蛙鸣也听不到了。我在英格兰从没有听到过青蛙的叫声。大概十一点钟，我沿着森林往回走，在一座横跨铁路的桥上站了一个钟头。四下里一片寂静，直到我听见水蒲苇莺在附近的树篱上开始演奏它那奇特的小夜曲。水蒲苇莺的叫声混合了各种从别的鸟儿那偷学来的音符——极速的啾啾声，颤音，呼唤声，还有啭鸣，同时一种半是责备，半是告诫的调子贯穿其中。此时此刻，黑暗完全弥漫开来，除了鸟儿的歌唱，完全听不到其他声音。周围的一切突然呈现出一种古怪而神秘的效果——仿佛这些小鸟们隐居在此，只在黑夜中，才会用最丰富和激烈的方式宣泄它们的情绪。我倾听着，直到午夜，直到天空下起了小雨，那快活的鸟鸣也从未停止半刻。怀特曾说，就算这种鸟停止鸣叫，在草丛中扔一块石头，他们又会开始歌唱。虽然他们的嗓音不够悦耳，听起来像那喋喋不休的英国家雀，但是他们的歌唱是这样经久不息，生动活泼，划破了黑夜的忧郁，令人心生愉快。

这些水蒲苇莺和欧夜鹰的演出是我那晚唯一听到的歌声。我失望的回到住处，只枕着胳膊睡了一小会，就又在清晨四点的时候爬起来继续寻找。这一次我穿过了一个废弃的花园旁边的巷子，有人告诉过我夜莺已经在这里唱了几周了。然后在一排排农舍旁的铁路下，我沿着两旁带有杂木篱墙的小路走了两英里，但始终没有听到夜莺的叫声。我询问一个偶然遇见的男孩儿，他似乎是被我吓到了，没有回答我就跑回了家。

稍微晚一点吃过早餐后，我又再次动身，朝着同一方向走的更远，还赶上了好几场阵雨。我听到了好几种鸟儿的歌声，它们有云雀、鹩鹨、画眉、燕八哥、白喉莺和金翅雀，还有树鸽嘶哑的咕咕的喉音，但就是没有我要找的夜莺。我穿过深沟里的一条小路，两边的山丘上灌木丛生。在深沟的一侧，树根如同上面的树枝一样，盘根错节，绕成了一张网。在网的中间，我窥探到了一个鹩鹨巢，伸手就能摸到。穿过一个圆形的洞口，内里是一大块柔软的青苔。这种结构充分的说明鸟儿建筑师们干净整洁的建筑品味，而巢穴深度适中，温暖舒适的特点也和老鼠洞类似。在此徘徊的时候，我遇到了一个年轻的乡下人，便与他攀谈起来。他也几天没有听到夜莺叫了,但是上周他与其他民兵在吉尔福德附近扎营,在站岗的时候几乎一整夜都听到夜莺在叫。"它今晚没有一展歌喉吗?"这个小伙子问道。我有些动心了,吉尔福德倒是不远,但是我不能让时间倒回一周。不管怎样,那个小伙子没有确定的说夜莺已经不唱了,而且在晒草的时候还经常听到它们的叫声,这给了我很大的鼓励。我问起黑头莺时,他并不知道有这种鸟,而且他认为我说的是大山雀的一种,因为大山雀也有一顶黑帽子。我又问他森林云雀,但是他同样不知道这种鸟。我在英格兰闲逛的时候,发现只有一个人知道。而在苏格兰,人们则分不清它与田云雀的区别。

我又碰到了一个戴着大礼帽的男人,年纪尚轻,看起来像个男孩。后来我知道了他来自海兹雷摩尔,身兼商人、裁缝、理发师以及画家等多种身份。我向他问了同样的问题。他说当天没有听到过,但之前的几个早晨他听到过几次。不过如果周围有夜莺的话,他能很容易地唤出一只来,因为他可以模仿它们的叫声。他薅了一片草叶,放在牙齿后面,调整了下位置,便突然发出了一阵急促而尖锐的声音,让我震惊不已。我立刻意识到,这跟我曾经看过的关于夜莺歌声的一篇名为《挑战》的文章的描述很是相像。男孩说,他敢肯定夜莺就是这样叫的。那种啾啾啾的声音,和其他的一些特点确实非常像鸟儿的叫声,我是完全相信他的。我惊异于那充满力量的、有穿透力的声音。在森林和灌木丛中回响。但是尽管模仿了好几次,也没有听到夜莺的应答。于是我跟他约好,当天晚上八点钟,我们两个一同去他前几日经常听到夜莺叫的那条路上散步。他自信满满，这次一定能成功。我也很有信心。

　　那天下午阳光和煦，我又远足去了另一个地方。比起听到鸟叫的可能性，找到一个合适的引路人反而希望更大。有一次我认为我已经近在咫尺了。我遇到一个男孩说就在十五分钟前还听到了夜莺叫。"先生，就在臭鼬山上，魔王盏的那一面，先生！"我以前听说过魔王盏这个地方，相传一百年前有三个杀人犯在这里的绞刑架上被处死，但是臭鼬山这个名字对我来说很陌生。光听名字就觉得，这个地方不太可能出现夜莺，但我还是加快步伐向那边走去。我听到了几声啭鸟的叫声，但不是夜莺，看来我只好认命了。这感觉就像，我漂洋过海来看她，偏偏晚了十五分钟，所以只能擦肩而过。我遇到了很多男孩，（在星期天，有哪个乡村的男孩子不是成群结队地到处游荡呢？）我向他们广而告之我的搜寻对象，并开出诱人的价码，他们一个个都瞪大了眼睛。但最终仍是一无所获。绝望中，我甚至给乡绅写了封信，那时他和妻子在一起，正打算去教堂。他回来后，听闻了我的请求，主动陪我走了一段很远的路，穿过田野里潮湿的草地和矮树丛，据他所知，鸟儿常在这里出没。他说："太晚了。"看情形也的确是这样。他给我看了一本旧版的怀特的《塞尔伯恩》，上面还留有某位编者的笔记，但他的名字我已经记不起来了。怀特曾断言六月十五日之后就听不到夜莺叫了，这位编者把时间延迟至七月一日。我想要好好的感谢他，让我重新看到了希望。这个乡绅认为我或许还有机会。他给了我一张名片，万一那位会模仿夜莺叫声的朋友失败了，我可以凭此去找一位住在戈德尔明的老自然学者，同时也是一位动物标本剥制师。乡绅肯定地说，如果有人能为我指明道路，这个人一定是他。

八点钟的时候，太阳离地平线还有一段距离，我如约在哈兹雷默一家理发店的门前等他。他走在前面带路，我们一同沿着诸多怡人的小路之一前进，这些小路遍布整个村庄，一直延续到几英里外的邻村。大路在哈兹雷默分岔，延伸出了这一条小路，它成对角线地穿过整个村子，仿佛一面面砖墙都为它让路。它游走于花园之间，穿过边门，篱笆墙，公路和铁轨，穿过耕种的田地和绅士的花园，像小溪一样在终点与另一条更宽阔的、妥善修整的小路汇合。有人告诉我这条小路被当成大路一样修葺。确实，这条小路是一条公路，只对行人开放的公路，没有人能够绕开它。我们顺着这条小路沿陡峭的山坡往下走，身下的山谷里则长满了灌木和小树林。如我在英格兰看到的景色一般狂野和别致。毛地黄随处可见，它那细长的花茎和紫色的花朵，在低矮的植物中间分外显眼。野生金银花在树篱下开的正好，气味要比我们人工培育的难闻和刺鼻。我们停下脚步，我的向导发出了他尖锐的呼唤，一遍遍地吹着他嘴中的树叶。声音在山谷间回荡，各种鸟儿都被唤醒了。脚下的山谷和远处的山坡本是一片寂静，突然传来阵阵的歌声。花鸡、知更鸟、燕八哥、画眉纷纷鸣叫起来，好像要与他们头顶这位吹哨子的人一争高下。但其中没有夜莺的歌声。我的向导有两次装模作样地说:"那儿,那儿,我听到了。"我们不得不放弃了,一场阵雨来临了。雨后我们又到了另一处地方,重复我们的呼唤,但是没有一点响应。天色渐暗,我们只能回到村子里。

形势越来越紧迫了。我知道在某处有一只夜莺因为某种原因推迟了孵化,所以仍旧在歌唱,但具体的位置,我毫无头绪。那夜晚些时候以及第二天的清晨我又开始了搜寻,询问每一个我见过的大人和小孩。

"我见过许多旅行者,

总是在路上奔波。

他们无缘我的盛宴,

——在沉睡时错过了佳期。

一些人却听到了它们的魅力传说,

在乡村或是庭院。"

我很快便不再相信那些说在傍晚听到过夜莺叫的男男女女。我知道,有时人的眼睛和耳朵并不总是可靠。云雀被误认为白颊鸟,鸫鹩的歌声与夜莺相似。在我去戈德尔明的时候,在火车上我问了一对年轻夫妇。就在几分钟前,他们在赶火车的路上听见过夜莺的叫声,大概描述了那个地方,以便我回去的时候再次找寻。我们在同一车站下车,他们走在我前面。很快我被远远甩在后面,已经看不到他们的身影了,直到他们在教堂附近的街角向我招手示意。那

Part 4 搜寻夜莺记

里景色开阔,紧邻一片草地,一条溪水隐蔽在修剪过的柳树下。待我走到近前,他们说:"我们刚刚听到了,就在那儿。"我朝着他们所指的方向竖起耳朵聆听着。我又沿着一条斜穿过教堂墓地的小路走近一些,但是除了几声画眉的叫声我实在没有听到其他声音。我的耳朵可是很灵敏的。我找出了乡绅给我的名片去找那位自然学家。他是一个身材矮小但很结实的男人,外表和谈吐都颇具特色,非常的和蔼可亲。他有很多引以为傲的鸟类和动物收藏品。他指给我看森林云雀和黑头莺,并告诉我哪里可以看到和听到它们唱歌。他说我寻找夜莺来的太迟了,虽然偶尔能听到那么一两声。他说现在这个季节,夜莺会慢慢变哑,几周前就已经不叫了。他称美国的红色松雀为佛吉尼亚夜莺,认为它的叫声可以与夜莺媲美。只是他不能与我同行,但会打发他的助手给我带路。一个小男孩走了进来,老人花了几分钟告诉他要怎么走——穿过侬思因村,在莎克福德教堂附近等等。一圈下来大概四五英里的路程。离开这座风景如画的古城,我们沿着一个平缓的山丘上的小路前行,高大的树木排成了行——山毛榉、榆树、橡树——远处还有肥沃的耕田。这片土地上随处可见的宁静与繁荣在这里格外明显。芬芳的、惬意的、宽敞的公园和草地洒满阳光,超然物外。道路看起来像完美的私家马车道。

"家的感觉"这个词本身似乎可以用来形容所有的英国乡村。像回到家一样舒适自在,人们满怀深情地在这片土地上辛勤劳作,对拥有的一切都心满意足。美丽但不傲慢,井然有序但不僵硬,成熟但不衰败。人们热爱乡村，因为乡村也同样深深地爱着人们。田野中我第一次看到了一个新品种的红花草，在英格兰很多地方都有生长，是马匹的天然饲料。农民们称他为三叶草，或绛红三叶草，它的头部有两到三英寸长，鲜血一般的红色。阳光洒在长满这种三叶草的原野，一片灿烂。继续向前走，我还第一次看到了英国冠蓝鸦，比美国的体型大了些许，声音嘶哑，羽毛暗淡无光。它的羽毛是蓝色的，天空一样的蓝，不管在英国的还是美国的冠蓝鸦身上都不常见。我这个小伙伴也很善于观察，他总是很好奇，准备好探索一切，但是我后来发现，他表里不一。当我问到一些关于他自己的事时，他说："我是来帮忙的，先生，有些时候我给别人做向导，有些时候跑腿，一周挣三块钱，包午饭和茶水。我跟我奶奶住在一起，但是先生，我一直叫他母亲。我的主人和教区牧师都说我是个诚实、优秀的孩子，等到年纪再大点，就要送我去学校读书了。我今年十岁，先生，去年我得了麻疹，先生，我以为我要死了。后来我喝了一瓶药，这个药尝起来像蜂蜜一样，我把一瓶药全喝了，然后我就痊愈了。先生，我从来不说谎，先生，说实话才是好孩子。"但是他时不时地就会撒谎，好像通往谎言的路上洒了油，一不小心就溜了过去。事实上，他的一言一行都带着一种油腔滑调、阿谀奉承的成分。在那个季节，当时的天气还算暖和。不久他就厌倦了。我们走到了一所大房子附近，周围种着浓密的树木与灌木，像一座小森林。许多小鸟在歌唱，我的向导想让我相信他听到林子里有夜莺的叫声，显然这无法糊弄我,之后他又冷静地一口咬定,在我们前面掠过的燕子就是夜莺!我们离开了大路,选择了一条小路。这条小路毗邻一片耕地,耕地四周种着一排排名贵的树木,光看土壤的色泽,不知道已经有多少代人在这里耕种过了。小路穿过一个便门,沿着一侧树木繁茂的山丘,向下延伸,先是抵达一条大河,最后通向依思因村。一个钓鱼的男孩漫不经心地说当天早上在这里听过夜莺叫。他抓到了一条鱼,说是白杨鱼。"是的",我的小向导忙着解释说,"这种鱼是很小,但小归小,还是可以吃的"。然后我们又向莎克福德教堂进发,这条路与英格兰南部大多数的路一样,是一条深沟。两面的土堤有十五英尺高,长满了常春藤、苔藓和野花,还有树根。这些陷进去的路是英格兰用来抵御外敌最好的工事,整个军队都可以埋伏在这样的壕沟里。当敌人在平原上移动的时候,会很轻易的一头栽进这些隐蔽的陷阱里。可以说,这些隐蔽的道路和那些高墙篱笆完全阻挡了苏格兰行人的视线。我曾经很羡慕那些骑自行车的人,"坐的高看得远"。但是这些人行小路就不同了,它们避开了障碍物,即使原地不动也能把四周尽收眼底。

莎克福德教堂周围长满了灌木,巨大的松树和冷杉木。这里是鸟的天堂。我的向导朝一只小鸟丢了一块石头,他断言那是一只夜莺,尽管石头落在了小鸟三码开外的地面上,他还是坚称打中了它,还装模作样地在地上找那只被打到的鸟儿。他好像总是忍不住要撒谎。我告诉他我已经不再需要他了,他便揣着我给他的钱高高兴兴的回去了。我一个人在这儿呆了一整个下午。天气晴朗，空气中带着花香。我听到了杜鹃和花鸡的呼唤，我认为这些都是好兆头。棕柳莺在松木林中叽叽喳喳的，白喉莺则急速地"啾喳～瑞克～"或者"喳～瑞克～啾"地叫着，在路边的灌木丛中，时而轻快掠过，时而一头扎进树丛。一个小姑娘告诉我她在昨天去上学的路上听到了夜莺的叫声，并为我指出了地点——一座房子附近的灌木丛中。我在那里转悠了好几圈，直到发现一个女人从窗子里向我张望，我担心她会以为我有什么图谋，便打算离开。但我离开的时候也尽量显得若无其事，心不在焉。我十分确信，我听到了我苦苦追寻的夜莺那略带责备的叫声。毫无疑问，它巢穴里的新生命降临了。有一个女孩说去学校的路上也听到了夜莺的叫声，并为我指了路。还有一个姑娘指着白喉莺对我说，那就是我要找的夜莺，这让我震惊于这些女学生鸟类学知识的匮乏。最后，我看到路边有个正在干活的碎石工人——这男人有一张严肃而诚实的脸，他说在一天早上去工作的路上听到了夜莺。他说他基本上每天早上都会听到，甚至是每天晚上。他最后一次听到是一场阵雨之后（大概就是我与那位理发师在哈兹雷默附近召唤夜莺的那一次），而且唱得空前的好听。这对我来说是个很大的鼓舞，我觉得我可以信任这个人。他说在他工作结束后，也就是下午五点，如果我愿意与他同行，他会指给我夜莺歌唱的地方。我高兴地同意了。记起来还没有吃晚饭，我打算在村子里的小旅馆里找一些吃的。这个非同寻常的请求让旅馆的老板很是惊讶，他甚

Part 4　搜寻夜莺记

至从他那密闭的吧台里走出来,好奇地看着我。我在这些英国的乡村旅馆有过好几次这样尴尬的经历,这里是当地人喝酒和投宿的地方,主要是一些出苦力的人。也不像美国的旅馆那样开在街角显眼的地方,而是在远离干道的偏僻小道上。老板说,我可以喝点啤酒,但是店里一口肉都没有。在我的一再坚持之下,最终得到了一些黑麦面包和奶酪,再加上一杯自酿啤酒,酒足饭饱。在约定的时间里我去见了那位农民跟他一起回家。我们在一条迷人的小路上走了两英里或者更远,道路两旁长满了葱郁的树,像一条洒满树荫的长廊。为什么英国的树木看起来总是特别健壮,且显示出厚重的宁静。与此相反,我们自己的树木大都有着一副紧张而焦躁的面孔。可能是因为它们长期远离森林,有足够的空间来发展自己独特的个性。又或者是因为这深厚的沃土和不温不燥的气候,足以让它们摒弃虚弱,缓慢而持续地生长,一点一滴地记录时间的推移。橡树、榆树和山毛榉都比美国的树木的轮廓更加引人注目。

不久我的同伴便向我指出了路底的一片小树林,它的周围灌木茂盛,树苗连着一片草地,其中有一栋被茂密的树林环绕的城里人的住宅,他就是那个早上在这里听到夜莺的声音。然后,又往前走了一段,他自己的村舍旁,以前在晚上也常有听到。现在刚刚六点钟,还要等上两三个小时才能够听到我的鸟儿歌唱,"要到晚上啰,"我的新朋友说:"你知道,它们在晚上才唱得最动听。"我尽可能的干点什么打发时间,如果我是个画家,一定要为这附近如画的古老村舍画一幅速写，标上 1688 的日期。我必须要不停地运动，来维持体温。不时还有蚊虫来骚扰我，如果是美国的气温，早就把它们冻得一声不哼，连咬人的力气都没有了。最终，我跳下光滑的石墙，把自己隐藏在了松树下高高的蕨草里，就是早上听到夜莺叫的地方。如果负责看守的人看到我，一定会把我当作偷猎者的。我一直打着寒颤坐到了九点钟，听着鸽子咕咕叫的声音，看着松鸡影影绰绰，我猜附近可能会有它的巢穴，还有其他各种各样的鸟。很快，画眉鸟和知更鸟的歌声在果园的边缘引起了不小的躁动，声音传到了毗邻的田野上，这给我带来了不小的困扰。这些声音可能会淹没或模糊夜莺的叫声。知更鸟依然在黑夜中高歌，这种鸟跟夜莺是近亲，从稍远一点的地方观察，二者无论是样子还是动作都非常相像，而且某些知更鸟的叫声会非常的尖锐且悦耳。当我的耐心差不多要耗尽的时候，一阵急促、绝妙的歌声突然出现了，离我只有几米远，这让我立刻想到了那位理发师用叶片模仿的声音，我知道这正是我苦苦寻找的夜莺的叫声。我一下子就清醒了！这声音足以让人震惊不已，像一只火箭划破了黑夜。突然，歌声停止了。我猜是我离得太近了，于是我蹑手蹑脚地走开，站在林边的一条小路上。一只大摇大摆的野兔在几步外盯着我看。我的歌手又继续开始演唱了，它始终没有现身，我猜它一定是在细心地调音，准备好要划破整个黑夜和寂静。过了一会儿，一个男人带着一个男孩迎面向我走来。我问他们这是不是夜莺，他们听了一会儿，说确实是。"它又出现了！

Part 4　搜寻夜莺记

先生,它真的出现了!啊,但是它不会待太久的,先生,在五月的时候它让整个森林都回响着它的歌声,现在它又开始歌唱了!就是它,先生。可惜过一阵子它就会飞走的,它真的不会待太久!"它确实打算离开了,当我聚精会神地聆听,可以听出它音调中沙哑的喘息和咯咯声。男人和孩子走了。我安静地站在那里,默默地祈求众神可以让鸟儿唱下去。这个时候,突然有一只神似美国的隐夜鸫的鸟儿,越过离我几码远的篱笆墙,快速地从我眼前飞过,钻进了旁边的灌木丛。显然我被它抓了个正着,这只深感被冒犯的鸟儿看到我躲在篱笆后偷听它干涩的嗓音,一气之下便不再唱了。一句都不唱了,连窃窃私语都没有。我等了许久才离开,然后又折回,恳求这位愤怒的小鸟再展歌喉,它却一路跑开,在我身后狠狠地摔上了大门,或者应该说是"小门"。我在其他可能的地方流连,也没有听到何声音。当地人告诉我,在据此三英里远的小村子里有三家旅馆,我今晚或许可以在那儿过夜。我迅速地朝着那个方向走去,先是上了一条小路,后来一度迷失方向,直到看到一间小小的农舍出现在宽阔的田野上,一位农妇怀里抱着孩子,我才回到正确的道路上来。很快我就走上了桥边的大道,正如那个人告诉我的,走了几步我就看见了第一家旅馆。虽然才十点钟,但是根据乡间旅馆的惯例,已经准备关门了。女房东说已经客满了,只有一间空房子但是还没有收拾出来,不能住。她声音短促,嗓门也很高。我便加快步伐前往另一家。这家房东说没有被单给我盖,床也非常潮湿,不能睡。我抗议道，旅馆就是旅馆，本来就是为旅行者提供住处的地方。但她不为所动，让我去下一家碰碰运气。这里的人更多，看起来更像酒吧。女主人（男主人一般在这种场合不露面）说她女儿刚结婚，这次回娘家，有很多同伴，所以不能让我留宿。尽管我再三强调了我的处境，还是没有多余的房间。"那有什么吃的吗？"这个似乎也不能确定，去跟厨房查看了一番后，为我端来了一些面包和冷肉。最近的旅馆在离这里七英里远的戈德尔明镇，而且就算我赶到了，所有的旅馆也早就打烊了。于是我大口地吃完面包和肉，自我安慰着，塞翁失马焉知非福，或许能趁着这次机会与夜莺亲密接触呢。我别无他法，只能在树下与夜莺共度漫漫长夜了，而且还可能在第二天清晨加入到它们的狂欢中。正当我为自己的随机应变而感到欣喜时，女房东进来说还有一个年轻人驾着马车去戈德尔明，他愿意带我去那里。我知道我如果拒绝他的话一定会被当成从疯人院里跑出来的疯子，所以便犹犹豫豫地接受了。而此时我们已在在黑暗中沿着镇子里蜿蜒平坦的小路疾行。这位年轻人是个鼓手，来自林肯郡。他说我说话很像林肯郡人，我是信的，因为我跟他说，他讲话比我遇到过的任何一个当地人都更像美国人。大一点的镇子里的旅馆都在十一点打烊，而我刚好在十一点的时候走进了一家旅馆。我立马要了一个房间。而我正要睡觉的时候，服务生轻轻敲开了门，托盘上放着我的账单，"单人入住，没带行李"诸如此类的，和给我解释，他还假装他也在寻找夜莺！总共是三先令六便士，床位两先令，小费一先令六便士。第二天早上五点钟,所有人都还在沉睡,我就已经动身。摸着黑穿过吧台和几道门,在一个石砌的巷子里有一条隐蔽的路通向大街。一位男士打开窗子教我如何打开大门。然后我便继续前行,希望能在夜莺晨歌的时候一睹它的风采。我走的还是昨天的路线。走在这曼妙的地埂上,二十多米外小河的波光穿过森林和灌木洒在了我的脸上,而就在此时,一阵我朝思暮想的叫声传入耳中。这声音从河水附近传来,在我的耳中叮叮作响。我把橡胶雨衣折好,坐在了上面,自言自语道:"现在就让我尽情地享受属于我们的时光吧。"但是这些鸟儿却戛然而止,我又等了一个钟头,仍旧没有一丝声音。似乎每一次在我以为要成功的时候都给我泼一盆冷水。但是我依然珍惜我听到的每一个音符。

光是这寥寥的几声,也足以让我体会这歌声的绝妙音质,让我更加热切地渴望可以完整地听一曲。我继续我的漫步,在清晨又一次的来到莎克福德教堂周围的灌木丛,接着又沿着公路闲逛。两个男学生为我指了一棵树,说两小时前去取牛奶的时候在那里听过夜莺叫。而我只能一遍遍的重复艾默生的诗句——

"我精力充沛,肌肉紧绷,

就算是飞一般的速度啊,

要抓住它那闪耀的尾巴,

也只是徒劳的妄想。"

九点钟,我放弃搜寻,回到依思因准备吃早餐。一个很大看起来很舒服的旅馆映入眼帘，我看到女主人和她的女儿正忙着擦洗窗户。她们两个站在梯子上，对我爱搭不理。最后，她们干脆就装作没听见。我找不到吃的，只好走回戈德尔明了。在途中我发现，一个人在非常生气并且饿着肚子的情况下走三英里，可比吃饱的时候走的快得多。

下午我回到了我在肖特米尔的住所，并做好准备去十二英里外的塞尔伯恩。其中一半的路程需要在晚上赶路，第二天早上走完剩下的一半。也好给夜莺一次机会，来弥补它可能意识到的对我的怠慢。在山丘上有一条路从李谢米尔镇底部直通利普霍克，还有半小时太阳就下山了，我立即出发。萨里郡和苏塞克斯的这座山丘上的景色对于一个美国游客来说是新奇的，那些金雀花和石南花，黑色和深棕色的小块地掠过高原起伏的表面，像黑貂皮的斗篷。在海兹雷摩尔东面的几英里处，丁尼生的故居屹立于一片暮色之中。小路穿过大片的公地，公地上一部分被青草覆盖，一部分长满了金雀花，这又是在美国看不到的景色。英国的土地稀少珍贵，其中的一大部分却用来建公园或是供游人欣赏，还有大片的公地未经开垦。这样的公地经常可以看到，塞尔伯恩周围就有几英里长，包围着汉格以及其他的森林。没有人有权利将这些公地封闭，或据为己有。就算是某些村民的房屋建在了公地上，也不代表拥有公地的所有权。这些公地属于人民，属于平民百姓。不过附近的村民可以在公地上放养奶牛，采集金雀花，砍伐木材，收集金雀花和木材。在某些地区，

Part 4　搜寻夜莺记

公地是属于皇家的。这片开放的区域让这里的景色看起来无拘无束，格外怡人。在山顶附近我碰到了一个身材矮小的老人，金雀花的担子几乎把他遮的严严实实。他要把金雀花挑回家当柴烧或是作其他之用。他顺从地停下来，听着我的询问。一个侏儒一般的人，他的丑陋让人想起最简陋的壁炉角。沉重的担子下面他蜷缩着身体，向我咧嘴一笑，在我眼中就是贫穷、无知和卑贱的化身。我得说，这种卑贱只能在最低等的乡下人身上才能看到。我感到仿佛遇到了一个行走着的鬼魅，在炉边孕育成长，炉灶的燃料是金雀花的干枝，白嘴鸦和乌鸦在筑巢时掉下的树枝。一半令人反感，一半又令人不自觉地被吸引。在李谢米尔的边界处，我坐在一片散落的灌木中间。毛地黄如往常一样将这片土地映得火红，视觉和听觉同时被调动起来。我在这里第一次看到，也是第一次听到黑冠䴓鸟。这活泼而有力的叫声有一点夜莺的影子，我一下子就听出来了。我想要近距离地看一看夜莺的最强劲的对手。这种鸟特别的羞涩，但是最终也算是露了几次面，就像在塞尔伯恩的那一次，在那里我常常听到它持久的歌声。这个声音明亮活泼，但是我觉得总的来说不是很流畅，有些许粗糙，好像没有好好地调过音。光是美国的鸟，可以完美地胜过它的我可以说出好几个。就像它的同类，园莺和白喉莺，叫声抑扬顿挫，充满力量，但是和最好的比起来，还是稍显逊色。每当看到英国这些歌唱家的时候，人们总会自言自语："小小的个头，洪亮的嗓音。"我来到了一段充满危险的路上，一路穿过灌木，走过山脚和空地，周围一片昏暗。我碰到了三个年轻人站在一起，看着附近田野上还在工作的牧羊犬。他们中有一个好像是乡绅的儿子，另外两个穿着打扮像是工人。在附近的一丛小灌木中，鸟儿们正上演着一场杰出的大合唱，知更鸟、画眉、燕八哥，都争先恐后地一展歌喉。对于我的询问，就当是测试一下这些年轻人的听力是否可靠，他们回答说我听到的鸟鸣中有一种是夜莺，又专注地听了一会后，把知更鸟指给我看，说这就是我刚听到的夜莺。这件事令我震惊不已，以至于我在之后遇到另一个人的时候，根本没有理会他的回答。他说，我再往前走个几分钟，拐弯的地方就是了，他在那里听过夜莺叫。十点钟我到了利普霍克，我原本以为，甚至是希望，这些旅馆会像上次一样没有房间，这样我就会到离这里几英里的沃尔默森林里过夜，但是房间还有。入睡前，我在一条迷人的小巷子里进行了一次简短匆忙的漫步，期间碰到了一对夫妇，说他们听到过夜莺歌唱："那就是夜莺吧，不是吗，查理？"

如果我问询过夜莺的所有英格兰夫妇在一起交换意见的话，他们恐怕花不了多长时间就会得出结论——都碰到过一个美国疯子。

我要求早上五点钟起床并离开，这似乎让这家旅店的主人很困惑。起初他认为这不可能，但后来他找到了解决这个问题的方法，并说早上亲自起来为我开门。尽管前一夜景色很美，但那天早上多云，并且有雾。美国有一样是英国没有的，并且是我们可以引以为豪的，是美国那完美的有男子气概的天气。而英国的天气甚至都不能说是

Part 4　搜寻夜莺记

女性化的,而是幼稚的、孩子气的。尽管听说偶尔也会来一场暴风雨。但是除了要小孩子脾气的阵雨和少年愠怒般的连续数天低垂着的天空,我实在没有看到其他。这里的云存不住水,没有一点尊严。哪怕只攒了一滴雨(通常是攒了几滴),也迫不及待地下起来。这可爱而短暂的阵雨,每年夏天在乡村的土地上挥洒,雨量不比马路上的洒水车更多。有时你只要穿过一道篱笆就能避开,但是总把晾干草的农民搞得慌慌张张。而在美国就没有这样美丽的云,成片的厚实的云,在高空或是低垂,暧昧,朦胧,云雾缭绕。像未成熟的少年,不合逻辑,充满了不确定。

去塞尔伯恩的路上我穿越了一层浓雾,还遇上了一场小雨。除了鸟头麦鸡还有一些麻鹬,几乎听不到鸟叫。我在离开利普霍克不久,踏上一条笔直的路,大概三四英里,穿过一片黝黑平坦的、泥煤遍布的原野。右边不远处是沃尔默森林。黑压压的云层之下,景色也显得凄凉——黑色的大地,阴郁的天空。方圆几英里之内唯一的生命迹象就是面包师的货车,在白色而平坦的道路上咔哒咔哒地走着。这片孤独的尽头,是一片耕地,几座农舍和一个小旅馆。在这个旅馆内(真是让人意想不到!)我吃了早餐。这一家人还没有吃早餐,我跟他们一起围坐在餐桌旁,吃了非常丰盛的一顿饭。随后,我在一条穿过田野和公园的小路上漫步了几英里。大部分的公路都太过狭窄,过于排外,或者相反——过于包容,走在上面就是一种刑罚,如同把我关在篱笆或高墙之内,只能从墙头瞥一眼外面的景色。而这些小路能时不时让我重获自由。我穿过一道道的小门，跨过一级一级的台阶，不介意是走的近了还是远了。走小路就像绕到了敌军的侧翼，小路上视野开阔，那些被竭力遮挡的美景不再神秘——细心耕作的土地和草坪，安逸的角落，还有庄严而隐秘的房子。再次踏上公路的时候，我碰到了一位女邮递员，拿着早班邮件快速地走着。她的丈夫去世了，她便接替了他的位置，成为了一位邮递员。英格兰的人口非常稠密，就连农村看起来也像某个大城市的郊区，但是信件仍然能送到你的门口，像在城里一样。我与一位小男孩同行了一段距离，他赶着一辆拉砖的马车，拉车的是一匹矮小的白色老马。他住在距此六英里的海德雷，每天早上五点从家里出发的时候，听见过夜莺叫。他非常确定。在我的追问下，他详细地描述了那个地方。"它在一颗巨大的冷杉木里，就是这个村子最南面的汤姆·安东尼家的大门旁。"我说，那照这么看，我在吉尔伯特·怀特提到的那些地方也应该找得到它们，但其实并没有。我在塞尔伯恩度过了两个雨天。在那些寒冷、无精打采的日子里，我在这些湿滑的小路和山谷里，还有湿哒哒的桥上漫游，不仅在追寻夜莺，还在找寻那个温和的牧师的精神，但是显然，我一样都没有看到。现在想起那个地方，我仿佛能看见一片片割好的草地上，晾晒干草的农夫那忙碌而焦急的身影，听见那个小孩儿的嚎啕大哭，尽管他的妈妈就在不远处的地里耙草。雨停了，草也晾干了一点，成群的男人、女人和孩子，当然主要还是女人，涌向田野收集干草。干草被一点点地收

Part 4　搜寻夜莺记

集起来，每一寸土地都不放过。他们先将这些干草列成很窄的一排，每个人拿一码宽的一捆。收好地上的干草时，就让剩下的风干一到两小时，再捆起来，收进干草垛里。通常在将干草收进草垛的时候他们就已经精疲力尽了。

我又从塞尔伯恩去了奥尔顿，路边有一条很长的步兵射击掩体，如石头般平坦和坚硬，然后我又在那里乘火车回到了伦敦。至此，寻找夜莺还没有真正意义上的收获。为了不至于在将来后悔，我决定北上剑桥，所以在希钦下了火车。这里是一座很有特色的老城区，我想我终于找对了地方。我在车站与城区间发现了一条叫做夜莺巷的马路，因为其中的"歌唱家"而著名。在街角有一位男士经营着一家简朴的旅馆（顺便一提，我在食宿上的要求再一次遭到拒绝），他说夜莺会在晚上和早上在对面的树上歌唱。他在前一夜就听到过，但在第二天早上却没注意到它们。他常常在夜晚与朋友一起，坐在打开的窗边，聆听着那曼妙的旋律。他曾有几次试图屏住呼吸，让气息跟鸟儿发出的旋律一样长，但是没有成功。我知道这多少有点夸大其词。但是我仍然急切地等待夜幕的降临。然后，在夜幕降临时，我就像个巡逻兵一样在这条街上漫步，也漫步在其他的街道上，徘徊在一些我认为有可能的地点，但最终除了肩膀疼痛的神经，我什么也没有得到。早上的搜寻也一样没有收获。我对自己说，就此放弃吧。结果已经不那么重要了。我已经看过这个乡村，走过很多地方，这就已经足够了。

我听到的夜莺歌声加起来不足五分钟，而且只是一些零星的音符，但是已经能够满足我对这美妙旋律的渴望了。

这些鸟儿拥有大师般的音调，正如丁尼生或是任何一出歌剧中优秀的女主角，又或是那些著名的口齿伶俐的演说家。的确，就是这样。它们是彻头彻尾的艺术家，其他鸟儿至多也只能模仿学习其中一二。它们的声音欢快嘹亮，令人惊异，充满自信，有着很高的艺术境界和感染力，轻易就能让其他鸟儿的歌声黯然失色。那些啾儿——啾儿——啾儿的叫声不过是它们卓越艺术才华的陪衬。诗人华兹华斯，在他的诗篇中，对这美妙的歌声给出了最贴切的描述：

"你那美妙的音符，一遍遍地打动我，

激昂中不乏和谐与力量。"

很显然这些鸟儿在人们的房前屋后深夜欢歌，会让他们彻夜难眠，我就是个例子。这歌声的旋律就很容易让人惊醒。开始的时候是生动的一闪而过的只言片语，但整体听起来却是高贵优雅、彬彬有礼、颇具骑士风度的。这是一首女人们在月色中靠在枝叶遮蔽的窗前聆听的歌曲；这是一首在皇家园林和墓地演奏的歌曲。安逸却饱含激情。美国的鸟儿也能唱出美妙的旋律，有的悦耳，有的柔和，有的悲伤。尽管如此，但是没有一种可以与夜莺媲美，可以有如此的穿透力，如此地充满灵性，这是抑扬顿挫的嘹亮的和谐之声。除了夜莺没有一种鸟更能激起济慈的创作灵感——忘记自己，忘记世界，从焦躁与生活的水深火热中逃离。

"（我的忧愁）与你共同消失在森林的深处。"

Part 5

英美鸣鸟

猫鹊

就如同一个民族的流行乐曲和圣歌,这些鸟儿们歌声的迷人之处跟音乐本身的美感少有关系,而是歌声引发的联想和暗示,又或是一种强烈的主观色彩和怀旧情感。人人都认为自己家乡的鸟儿唱的最棒,这大概也是很自然的事情。对于身处欧洲大陆的美国人,没有什么能比家乡的鸟鸣更能唤起浓浓的乡愁。那蓝色知更鸟纯真而悲伤的音调,那北美歌雀的浅吟低唱,亦或是知更鸟的忠诚颂歌。而对于一个欧洲的旅者来说,则是黑头莺或者知更鸟的歌声,或者是灰背隼的哨响。鸟叫的美妙很难被武断地决定好坏,我很怀疑我们称之为歌曲的鸟鸣,或者类似歌曲的调子,是否能算得上是真正的歌曲。这些鸟叫是大自然的一部分,用它们震慑人心的力量演奏着我们的故事。

阿盖尔郡的公爵,是一位鸟类爱好者,同时也是一位优秀的鸟类学家。在他看来我们美国的鸟儿要次于英国的鸟儿,并且他城邦的其他一些人也这么认为。无疑他认为美国的知更鸟在力量上要输于槲鸫,在种类多样性上又输给画眉,比起燕八哥又少了几分旋律之美。他没有听过,也不可能听到知更鸟为我们演唱的歌曲。可能的情况是，这位公爵大人没有选在一个最恰当的时机或是季节。知更鸟的歌声与大自然的寂静与孤独形成强烈对比，只有在这样的时刻，才能体会到这歌声的震撼。若想聆听夜莺，最好的时候是在深夜，而聆听百灵鸟则要在太阳升起的时候，而知更鸟，若你想领略它那声音的魔力，就要在早春季节，太阳落山的时候，它会在树梢上连续地唱十到十五分钟。这个时候整个自然是宁静的，这里或那里还残留着一小片积雪，树木光秃秃的没有一片叶子，大地冷冰，毫无生气。就是在这样的时节，空中飘来一曲心满意足的歌声，满怀希望，轻声安慰着你，那欢快的调子将春天的气息带到每一处沉寂的大地。这是一首简单的旋律，与早春的季节十分匹配。一如既往的欢欣直率，没有复杂的编排，带着淡淡的忧伤，直入人心，如同阳光在树顶镀了一层金色。知更鸟对力量的掌控以及声音的多样性同样不可忽视，一位德国人在研究鸟鸣方面颇有建树，他告诉了我一个让我很惊讶的事实，美国的知更鸟能够发出的叫声的种类比欧洲画眉还要丰富。

　　那位公爵没有列举他在这个国家听到的所有鸟的名字，但是很显然在他的观念中，两国都有的鹨仿佛是一种安静的鸟，而他的近亲则相反，在苏格兰高地湖泊与溪流旁的鹨非常的聒噪，并且"雄鸟拥有连绵不断、富有朝气的歌声"。要么是公爵大人看到美国的鹨时，恰巧它们正陷于沉默的冥想，要么是他在加拿大看到的鹨确实比起美国本土的更沉默寡言。的确，它们在求偶时发出的叫声是断断续续的，比起英国的同类也确实称不上是鸣鸟，但是当它们在

Part 5　英美鸣鸟

夏季的溪流之上掠过时，又或者飞过那遍布卵石的灰色沙滩时，它们有着非常可爱的音调。我常常在它们春季迁徙的时候听到它们的呼唤与尖细的叫声。也许我们的雪松鸟在所有鸟当中是叫的最少的，虽然如此，但我知道我们没有一种鸟是沉默不语的。一位女士写信给我说她听到了蜂鸟的歌声，尽管我跟她解释，从解剖学的角度这种鸟的发声器是不可能发出那样的声音的，她还是坚持自己的观点。

阿盖尔郡的这位公爵大人说，其实在这些地方的春夏之交之时，从来不乏一阵阵鸟儿的歌声（偏远的森林除外），也就是从五月份的第一天到二十日左右，有时甚至能延伸到仲夏。此外，还有很多其他鸟儿会加入，我得说，那可比英国要丰富多彩的多。但也许更加的断断续续，更加局限于一天中的某些时间段，并且比起我们那位著名的批判家所熟悉的歌声，少了些许活力和响亮。我们的耳朵对熟悉的声音更敏感。要想正确的理解和欣赏鸟鸣，尤其是把它们从嘈杂的自然中分离开来，都需要或多或少的了解它们。如果那位公爵与我们在纽约或者新英格兰的某个农村共同度过一个季节，他也许会对我们那些他原本以为安静的鸟改变看法。

又一次，在五月初，我在一片低沉宽广的草地上空发现了一只英国云雀在放声歌唱，这片草地同时也吸引了各种各样的鸟。一连好多天，每天清晨，我都坐在一个低矮的小山顶上俯瞰田野，又或者坐在隆起的草地中间，聆听云雀的歌声。此起彼伏的歌声犹如鸟儿的大合唱传入我的耳中，我努力地分辨看看其中是否有我没听过的声音，这里一共有十五到二十位歌手，它们全部都深情地歌唱着。如果它们的音调和叫声能够物化成有形的东西，我想那必定是遮天蔽日的。长歌和短歌——来自树林，灌木丛，天空，大地——鸣啭、颤音、吟咏。在我前面不远处的灌木丛里有一只猫鹊，一株山核桃树顶站着一只棕色长尾莺。这些鸟是知更鸟的近亲，它们被称作表演家。它们的歌曲是一连串技艺超拔的音符，像杂技演员的表演，翻着悦耳的筋斗，以一种优雅的姿势在空中翻转、盘旋、扭曲，不时还发出口技般的音调。猫鹊的声音更加尖锐，更加婉转、阴柔。长尾莺的声音则更加响亮、饱满、大胆。长尾莺的配偶守着巢穴，我在这片原野的一棵杜松树下发现了它。我沿着灌木茂密的溪岸行走，有几处传来美妙的歌声或悦耳的音调，一下子吸引了我的注意。那是一串混乱的喧嚣，如同多个语言混杂在一起聊天的声音，一个橄榄色后背，黄色胸脯，黑色喙的鸟儿，有着像松鸡或者乌鸦的声音，跟一个知更鸟和一只金莺打成一片。这个演奏家能够拴住你的耳朵，但会避开你的视线。没有什么鸟儿像它们这样这么担心被人看见，而又那么喜欢被人听到。

  画眉金嗓子一般的声音从我右边的森林边传来，可以清晰地听到。那声音是平静的、清澈的、又是通透的，跟云雀的叫声差别很大。食米鸟在草地上的歌声一点也不会让人烦乱——那是草地上清脆的银铃声，而我现在听到的这个声音却更像银制的轮胎走在鹅卵石的沙滩上，是一阵尖锐而连续的嗡嗡声。在附近的赤杨木和红糖枫中传来了几声椋鸟的鸣叫，这种鸟的肩膀微微带红。而在我听到的歌声里，还有遥远的大凤头䴉粗狂的歌喉，极乐鸟快乐的叮当作响，草原麻雀尖锐而富有金属感的叫声，以及草地鹨刺耳的呼唤，这些叫声或多或少地给我带来了困扰，因为它们和云雀嗡嗡的喉音都有一些类似。而还有一番鸣叫传入耳中，便是那唐纳雀明亮的叫声，枚红色胸脯的松雀饱满而悦耳的鸣叫，红眼鸟短促有力的啼叫，红眼绿鹃如孩啼般的啭音，紫雀活跃的啼叫，歌雀温柔的摇篮曲，黄喉鸟"喂喊，喂喊"的悦耳歌声，金莺明快的哨声，啄木鸟高声的呼唤，燕子吱吱的叫声。但是当云雀亮开嗓子的时候，人们还是能一下子就分辨出来。首先是因为它们极高的声调，有着直入云霄的气势，而后是因为它们的声音洪亮、尖锐、绵延不绝、喜气洋洋。你的耳朵会一下子被这种迅速和锋利击中。它压倒和超越一切声音。

而它的低音则像成千上万的车轮走过的嗡嗡声。偶尔还会发生些许变化，爆发出更尖锐刺耳的声音，但是都一样的急促，如涌流和瀑布。全然不是一首甜美悦耳的歌声，而是一首豪迈而欢欣的乐曲。

那位公爵理直气壮地说这个国家没有鸟，但是至少密西西比河以东，遍地都是云雀，我们头顶的这片浩浩长空也是它们的栖息之地。它们的歌声是纯粹的狂喜，没有一点悲伤或骄傲，不仅仅是愉悦而已。晨间的欢欣与快乐如泉涌般在田野间蔓延开来。这样的场景在华兹华斯的一节诗中体现的淋漓尽致：

"跟我走吧，同我一起飞上云端，

你的歌声是如此的充满力量；

跟我走吧，与我一起飞上云端，

歌唱吧，歌唱吧，

天空和云彩，都回荡着你的歌声，

指引我，直到看到你那无暇的心灵。"

  而根据吉尔伯特·怀特与巴灵顿列出的鸟类清单，美国的"鸟儿合唱团"比英国的更加阵容强大，拥有很多优秀的歌唱家。怀特列出了包括燕子在内的二十二种在春夏之季高歌的鸟类。这份列表列出了纽约和新英格兰春夏歌手的名字，但不包括那些典型的林鸟，如隐夜鸫和棕色夜鸫，两种鹟莺和三十多众𫛚鸟，以及独居的绿鹃，也不包括所有能唱出动听音符的鸟，其中一些是优秀的歌唱家，如蓝知更鸟、矶鹬、燕子、红肩椋鸟、美洲小燕、啄木鸟等等。虽然包含了很多名称，但是也许没有一种鸟可以比得上百灵和夜莺，比如知更、猫鹊、巴尔第摩金黄鹂鸟、圃拟鹂、歌雀、麻雀、栗肩雀、沼泽雀、紫雀、画眉、猩红比蓝雀、靛蓝鸟、金翅雀、食米鸟、黄雀、草地鹨、鹩鹩、湿地鹩鹩、棕色鸫鸟、红眼小鸟、叽叽喳喳的红眼绿鹃、绣眼鸟、马里兰的黄喉鸟、玫红色胸脯的松雀。

  英国的麻雀大部分时候是不唱歌的。而美国三月初，在路边，在篱墙上响起的麻雀的歌声婉转动听，预示着春天的到来。那黄昏雀鸦的小调，充满了原野的恬静和芬芳，还有那灌木里麻雀哼唱的旋律，瞬间划开暮色，打破田野的寂静。如同美丽的画卷让人大饱眼福，这声音也会让你如痴如醉！白冠鸟、白喉鸟、加拿大麻雀都只会在夏秋季演唱片刻。我在四月听到了狐色带鹀的叫声，它那曼妙的歌声如同明快与青涩的年少记忆在我心间萦绕，这是所有雀类歌曲中最动人的声音。

美国鹩鹩的歌声也是如此，远胜过旧大陆上任何一种鸟，因为我们的鹩鹩种类更加繁多。美国的家鹩鹩略逊于英国的同类，但是美国沼泽鹩鹩的歌声却活泼生动。同时冬鹩鹩的歌声在欢快、成熟、伤感和技巧方面只输于这个世界上少有的几种鸟类歌唱家。这种鹩鹩的夏季栖息地是较为凉爽，树木繁多的北部森林，大部分时间，我们都听不见它的叫声。

据怀特所言，英国霸鹟是一种很安静的鸟，但美国的西林绿霸鹟、美洲食蜂鹟、小绿霸鹟等同类的鸟，声音都或多或少的活泼而悦耳。凤头鹟则有着刺耳的嗓音，但西林绿霸鹟那忧伤的、如银铃般的叫声，弥补了它的不足。怀特曾说金冠鹩鹩在英国不是一种鸣鸟，美国的同类没有卓越的嗓音，但叫声也足够悦耳，但除了在北方的繁殖地，这种鸟的叫声也是很少听得到。在四五月，北方的州有一到两个星期的时间，常常会听到它的同类红冠鹩鹩的甜美的颤音，那是它们在飞回夏居的半路上驻足补给时发出的。

欧洲没有绿鹃，也没有它们的同类。而在美国，它们可是森林中必不可少的演唱者。除了红眼莺雀，没有哪一种鸟会让我如此怀念。它们整个夏日，从早到晚，都在枫林与洋槐中自言自语，抒发着内心的喜悦。正是"他",或者应该说是"她",在低矮、树叶茂盛的枝头建起巢穴,悬浮在两根细枝间。绿鹃有着更高亢的声线,更加持久,但是不够甜美。只有在森林深处才可以听到绿鹃的叫声,而在当地或有限的范围内更多见的是绣眼鸟,只能在潮湿的灌木丛中发现它的踪迹。即使是再迟钝的耳朵,也不会错过它们热烈、多变、精彩绝伦的演出,都可以听到它们铿锵、精彩绝伦的演唱。

尽管在英国和美国的金翅雀羽毛不同,但在歌喉上平分秋色。美国的紫雀或是红雀,我相信,都远在英国红雀之上。无论是在音色还是旋律,还是欢快的程度上,它都是一位卓越的歌手。比起英国,确实,在美国雀类大家族里总是能涌现出更多的优秀歌手。它们的歌声构成了美国鸟鸣的主旋律,唐纳雀和松雀是其中的杰出代表。而在欧洲则是由鸣鸟担此重任。怀特在他的清单中列出了七种雀类,而巴灵顿则列出了八种,除了红雀,其他的都不是很有名气。而我们的清单上,势必要加上麻雀、红胸松雀、兰松雀、靛蓝鸟、金翅雀、紫雀、猩红比蓝雀和主红雀。这些鸟儿中,除了狐色麻雀、兰松雀,其他都是美国中西部耳熟能详的夏季歌唱家。靛蓝鸟则是在仲夏甚至整个夏天都才华横溢的歌手,类似的还有唐纳雀。我判断没有一种欧洲画眉可与我们的隐夜鸫一决高下,可以唱出圣歌般的宁静和大自然的灵性,没有一种鸟拥有比我们的食米鸟更灵活的舌头。

欧洲的布谷鸟要比美国的更具音乐创造力。而且他们的知更鸟比其他同类拥有更美的歌喉,也就是美国的蓝知更鸟。但英国的鸟儿中，能把我们比下去的大部分局限于云雀和鸣鸟。我们有一大批各个种类的啭鸟——不下四十种——但是它们中大多数的声音都软弱无力，只有最专注的耳朵才能听到它们的声音，再加上它们在遥远的北方度过夏天。如果我们将夏天远在北方的金冠鹪鹩和南部肯塔基州的啭鸟排除在外，美国的两种鹟鸲就是最杰出的啭鸟。但是它们比起英国黑头莺或者白喉莺、园莺来还是略逊一筹，就更不用说夜莺了。不过奥杜邦认为美国的大喙水画眉和鹟鸲可以与之一决高下，它绝对称得上是一位杰出的歌手，但是叫声持续的时间却短得让人恼火。沿着一些原野的溪流，那些昏暗的长廊中会突然迸发出一阵悦耳的叫声，但就当你说"快听"的时候，它就会戛然而止。在那遍布铁山和松树的峡谷中，流淌着一条卵石遍布的溪流，在那里我每个季节都会听到，甚至看到它们。当我坐在瀑布脚下，或是站在瀑布之上的漩涡连连的水潭边，鹟鸲就会在我身边倏地一下飞过，一会儿逆着溪水飞，一会儿顺着溪水飞，又或是落在我附近，停在溪流边的一块石头上。它那斑斑点点的胸脯，深橄榄色的后背，摇摇晃晃装腔作势的步伐，都让它看起来像一只矶鹬。而它那尖锐的叫声，就像在水下两个颗鹅卵石互相碰撞发出的声音。所有这些都是它典型的特征。再来就是它那急速而明亮的歌声，相信你很快就会听到，那歌声是如此的响亮而清脆，似乎短暂地将这一块幽暗之地照亮。如果这个旋律持续的时间与夜莺的歌声一样长，我们就有更充分的理由支持奥杜邦的观点了。它的表亲，树鹟鸲，也就是早期鸟类学者口中的金冠画眉，后来也被称作金冠岩鹨——美国的森林中一种极其普通的鸟——也有着相似的旋律。美国的森林中极其常见的鸟，并拥有相似的旋律，它们的歌声总是偷偷摸摸，突如其来，有时甚至是边飞边叫。它是森林云雀的一种，偷偷地练习彩排。如若这谦逊的歌手一旦准备好现身并演唱一首完整的曲子，就连欧洲森林云雀也要仰视它的光芒。这两种鸟是美国最好的啭鸟了，除了那些真正了解并钦佩它们的人，它们很少被人听到。但就算这两种金冠雀可以包括在新英格兰夏日居民当中，我们的鸣鸟也只会在夜莺面前败下阵来。英国红尾鸟明显地比美国的同类要强的多，而且我们也没有一种鸟可以与上文提过的英国森林云雀相媲美，据说这种鸟也仅比云雀稍逊色一点。但是另一方面，除了已经提到的麻雀和绿鹃，它们也没有一种鸟可以比得上我们的金莺，我们的果园椋鸟，我们的猫鹊，我们的褐鸫（仅次于知更鸟），我们的红眼小鸟、雪鸟、白颊鸟、食米鸟和我们的黄胸大鹟莺。至于对比两个国家的燕子，我们也同样占据优势。美国的家燕那绵延不断的清脆歌声，明显要优于欧洲的家燕，但是我们的紫燕在欧洲的鸟类中根本没有被提到过。据说英格兰的居民一年中听到的鸟鸣比我们听到的要多，甚至于在某种程度上，这些歌声还是井然有序的。也许事实也的确如此。

首先，没有那么多的鸟儿迷失在"荒漠上空"，在荒芜寂静的隐秘之地上。其次，英国的鸟儿们比起我们的来更加的温驯和亲近，与人类更直接和亲密地联系在一起，没有一种会隐居在荒野和不毛之地上。英格兰就像一个浓缩的大陆，但剔除了所有的不毛之地，穷山恶水。鸟儿们更为紧密地聚集在一起，更加亲近人类。到处都是野生的鸟和家鸟。它们随处可以找到肥沃的牧场和安全的屏障。这是一个遍布园林和花园的大陆，随处可见树篱和游乐场，也没有极端的天气——这是鸟类绝佳的舞台！孕育着更为美妙的歌声！这些鸟儿繁殖迅速，人丁兴旺，种群数量庞大。如果我们的鸟儿也像英国的云雀、金翅鸟、画眉那样被鸟贩子大量捕杀，恐怕早就灭绝了。而且，一般来说，英国鸟类作为一个群体要比我们的鸟类有更多的叫声，又或是它们确实在声音方面有得天独厚的优势，所以叫声才更加引人注目，更有力量。它们的羽毛不够艳丽，但是声音更有活力。它们不常离开森林，它们的歌声也不像美国的鸟儿飘忽不定，幽怨伤感，相反更有自信和活力，好像它们也已经被人类的文明感染了。

它们在一日之中唱的更久，一年之中唱的天数更多。这要归功于更温和的气候，我十月的时候在南部丘陵听过云雀的歌声，洋溢着春天的喜悦和热忱。知更鸟、鸫鹩和森林云雀整个冬日都会高歌不止，在仲夏时节，鸟儿比现在还要多。而美国，夏季的炎热和光线往往会让我们的小鸟沉寂下来。

夏天过去一半之后，我只能听到四种比较有规律的叫声了，它们分别是是靛蓝鸟、灌木麻雀、猩红比蓝雀和红眼小鸟。尽管怀特在书中列出的鸟儿有八九种之多，并指出其中最持久的是金翼啄木鸟。他说鸟儿唱多久完全取决于筑巢需要多久，无论在这里还是英格兰都同样适用。因此，在六月如果画眉的巢穴被乌鸦或是松鼠破坏的话——类似事情时有发生，它们会一直唱到八月。

在英国的夜晚，鸟儿们比美国的要更加活跃。怀特说有一种蚱蜢云雀在炎热的夏季整夜都啾啾地叫个不停。在仲夏的每个夜晚都会高歌。莎草鸟也几乎会唱一整晚，当它们默不作声的时候，只要往它们栖息的灌木中扔一块石头，它们又会高歌不止。除了夜莺之外，英国其他的鸟都或多或少的会在夜晚歌唱。

而在我们这里，反舌鸟是唯一的夜间歌手。其它的歌手虽然偶尔也会在深夜唱那么一两句，但时间过于短暂，让人觉得那是它们在睡梦中发出的声音。于是，在死一般寂静的夜里，我们常常能听到多毛鸟、美洲食蜂、灶巢鸟还有布谷鸟断断续续的歌声，就像一个小男孩在睡梦中咯咯地笑着。

另一方面，我们的歌手也展现出了一些明显的优势。无疑它们在甜美、温柔和曲调方面绝对胜过欧洲的鸟类。那些栖息于南方的知更鸟，在流畅度和多样性上很可能要胜于世上的任何一种鸟。反舌鸟的歌声整体感觉可能不如夜莺的夜曲更加动人，更有说服力——这大概是相比夜莺，反舌鸟唯一的不足了。如若像英格兰一样，把我们的鸟儿们聚集在一起，让我们那些羞涩的林鸟——像隐夜鸫、画眉、鹡鸰，其他许多鸣鸟，还有绿鹊——都在树林和果园中集合，那一定是百鸟争鸣的景象。

Part 5 英美鸣鸟

贝茨，一位研究亚马逊流域的自然学者，谈及早年间漫游的经历时，说他曾经见过的画眉完全符合我对美国鸟类特质的描述。"那是一种比英国画眉体型更小、毛色更浅的鸟儿，"他说，"它的歌声也不如英国的响亮、多变、持久。那是一种夹杂着甜美和忧伤的曲调，与这荒野与寂静的林地合而为一。也只有在这里，在如热带一般闷热的季节里，才能在清晨或傍晚时分听到它们的叫声。"我附上了一份关于英美两国比较有名的鸟类的对比清单，其中一部分更为出色的标注了星号。之后是一份与英国没有重叠的美国其他鸟类的清单。

英国	美国
※ 森林云雀	草地鹨
歌鸫	※ 画眉鸟
※ 雌鹪鹩	家鹪鹩
柳鹪鹩	※ 冬鹪鹩
※ 知更鸟	蓝知更鸟
※ 红尾鸲	红尾鸲
树篱麻雀	※ 北美歌雀
金翼啄木鸟	※ 狐色雀
※ 云雀	食米鸟
燕子	燕子
※ 黑顶林莺	森林鹟鸲

鹨	鹨（春天和秋天）
※ 乌鸫	知更鸟
白喉莺	※ 马里兰黄喉
金翅雀	金翅雀
绿翅雀	※ 森林麻雀
芦苇雀	※ 栗肩雀鹀
红雀	※ 紫雀
※ 花鸡	靛蓝鸟
※ 夜莺	鹪鹩
槲鸫	※ 隐夜鸫
大山雀	热带麻雀
红腹灰雀	山雀

没有列入上面的美国鸣鸟：

红眼绿鹃

绣眼鸟

兄弟绿鹃

隐居绿鹃

黄喉绿鹃

猩红比蓝雀

巴尔的摩金莺

圃拟鹂

猫鹊

褐鸫

棕胁唧鹀

红胸松雀

北美紫燕

反舌鸟（偶尔）

除这些以外，还有十二种以上的鸣鸟应包含在内，其中黑喉绿莺、加拿大斑点莺、冠森莺、地莺、黄色林莺，都是出色的歌手。

Part 6

英国鸟类印象

乌鸫

前面的章节写于我最后一次拜访英格兰之前,而且那些关于英国鸣鸟的认识大多来源于资料,而不是我亲眼所见。我只是在1871年的秋天,在英国听过云雀的歌声,还有几声知更鸟的鸣叫,还有一阵其他鸟儿发出的旋律。但关于这些鸟儿贯穿整个春天和夏天的大合唱,以及每一种鸟的特点,我只有通过像怀特、布罗德利普和巴灵顿这样的作家来了解。而就在五月份鸟儿们最活跃的时候,我又一次踏上了英国的土地,这次我为自己创造了很多机会来亲近这些鸟,而且很快就追踪到了它们的每一个音符。这并不是一次漫长而艰辛的探索,鸟的种类不多,也没有隐藏于森林或是偏远的角落。不论走到哪里,几乎都能发现它们。它们毫不吝啬地歌唱!多么响亮而有穿透力的歌声!这些鸟儿的歌声和我期待中的一样,可是本应在我上一次来访的时候就向我展示的优点和特征,现在听来并没有让我感到欣喜。

在相当长的一段时间里,我都不会忘记,到达格拉斯哥两天后那个明媚的五月清晨,我的耳朵几乎被鸟的叫声塞满了。当时我正走在从埃尔到阿洛韦的路上,这段三英里的路是英格兰最迷人最富饶的农村之一。天气如六月中旬般温暖，万物也如在六月般枝繁叶茂，生机勃勃。我右手边连绵起伏的草地上，云雀在放声歌唱。这正是我所追寻的。那声音是多么的悦耳！如同阳光也在歌唱！在不远处长满三叶草的原野上，我第一次听到了秧鸡的叫声。"吱咕吱，吱咕吱……"尖锐的声音不断地从草地传来，像一些大型昆虫发出的刺耳的声音，我一下子就听出了。但当我来到一片优美的树林时，它却兀自的被一座十二英尺高的墙包围着（我从入口处看到一些漂亮的屋子隐匿在那里），耳边萦绕着密集而陌生的歌声。不用说，音乐会已达到高潮。树木紧密的围在一起，回响着鸟儿的歌声。那么洪亮，那么生机勃勃，近乎歇斯底里！我沉浸在巨大的幸福中，不知所措。

我后来发现，有两种或三种鸟可能演唱了我听到的全部歌曲，其中一种至少占了三分之二。我在阿洛韦至少逗留了一周，投宿在一个干净整洁的小旅馆中。

"杜恩河潺潺之处，温普林歌声绵延不绝。"

我也并没有长时间地分析这振奋人心的鸟类大合唱，或是仔细寻找歌声的源头。正如阿盖尔郡公爵所言，这确实是一种爆发出的音乐，但他并没有指出其中主要歌手的种类。的确，在我带着的少数英国鸟类学论文中，都没有明确地指出数量最多和最喧嚣的英国啭鸟。就像我从阅读和道听途说得来的经验也无法让我准确找出最引人注目的野花，或是最常见的野草。眼下在英国最多的鸣禽是花鸡，

Part 6　英国鸟类印象

最引人注目的野花是毛地黄（至少在我见过的那些乡村），最常见的野草是荨麻。整个五月，又或者是整个春季的月份里，人们步行或者驾车行驶于这个乡村，听到的歌曲中有三分之二来自于花鸡。在英格兰和苏格兰，直到七月末我离开为止，我看到的花鸡数量是其他所有鸟类的总数的三倍。它们是这片大陆的永久居民，在冬天还会成群出现。雄性花鸡是英国鸣鸟中最美的，它有着柔软、灰蓝相间的后背，带条纹的翅膀，胸脯和两边则是粉红色。苏格兰人称之为苍头燕雀。在阿洛韦的每一棵树上都可以看到它们，而且它们的歌声在一天中的每时每刻，都在各个方向交织、汇合，此起彼伏，如同夏日水塘上的波纹。它们中的每一个唱起歌来都非常持久，并且声音洪亮，努力地在合唱团中扮演好自己的角色。它们的歌声如同美国的果园棕鸟一般洪亮，甚至更加富有生气。歌声起初像鹪鹩的叫声一般急促而尖利，很快又变成一阵刺耳的叮当声，然后滑入一阵颤音，最后以一个绚丽的节音收尾。我从没有听过这样一首歌，富有节奏感的开始，并戛然而止。最后一个音符听起来像是尖锐的"喂啼儿"。曾经就有一只在我头顶的苹果树上鸣叫，在杜恩河畔，日复一日地歌唱，每次都以一个尖锐的音符收尾，仿佛在提醒说："姐姐，在这呢！"后来每次碰到苍头燕雀时，它那率直的几乎不耐烦的结束语"姐姐，在这呢！"总是让我很焦躁。但是整体来说，它的歌声是令人愉悦的，并且很有特色。非常的轻快、洪亮、连绵不绝。这种鸟在英国不如在欧洲大陆被人看重，作为笼中鸟，他们在欧洲大陆十分受欢迎。在德国图林根州的森林里，由于人们的大量捕捉，已经很少能看到它们的踪迹了。一个普通的工人都明白，用一头牛换一只喜爱的鸟是再正常不过的事情了。苍头燕雀的歌声远不及美国雀类的优雅和迷人，尤其是紫雀。它们数量众多，歌声丰富而持久，以至于在音乐的总量上远远超过我们拥有的任何歌手。

在歌声的音量方面，居于苍头燕雀之后的便是歌鸫，可能还会被某些地方的歌鸫超越。我在杜恩河畔没有发现歌鸫，并且苏格兰的其他一些地方也很罕见，但是在英格兰南部，它们可是大合唱中的主唱歌手。它们的声音能盖过所有其他的鸟类。但是没有人会把那声音与画眉鸟联系起来。它们的歌声不似画眉那犹如长笛般悠扬宁静的旋律，也感受不到全情投入的真诚。那是各种各样尖锐的哨子声。它的叫声是效仿美国的棕鸫，依赖于声带的变化。它的旋律会很容易转变成不同的音调，或简短的叫声。它们会一直唱到暮色渐浓才罢休。我能想象的到，年轻的情侣在黄昏中漫步，树顶之上传来它的歌声。"吻她，吻她，快呀，快吻她呀，快吻她呀，一直吻，一直吻，这才对嘛！"当其他的声音都含含糊糊的时候，这个声音往往会被理解成教唆的暗示。有时它又像断断续续的哨声。它的表演总是朝气蓬勃的，洪亮且清晰，但对我来说，还算不上是如诗歌一般优美的旋律，就连伯恩斯也如此说道："画眉鸟的声音温和而圆润。"德雷顿则讽刺说："画眉的声音尖细无比。"

本·琼生所说的"精力充沛的画眉"还算是比较中肯的。它的

Part 6　英国鸟类印象

歌声总是充满力量，兴高采烈的。这歌声从健康的心灵和甜美的喉咙中迸发而出，没有一丝的幽怨和愁思。它如同每个清晨高叫的公鸡一样，身强力健，精神抖擞。我在寻找夜莺的过程中发现，黄昏时的画眉总是吵吵闹闹的，这让我非常烦恼。我在裘园度过了几周，它们那尖锐的叫声常常在清晨把我吵醒。

乌鸫则是画眉中声音较为醇美的一种，和我们的知更鸟类似，但是披着一身黑色的羽毛，像是用黑檀木雕刻的。它那金色的喙仿佛把它的歌声也镶上了金色。这是我听过的最从容不迫的旋律了。在那个喧嚣，快活但是毫无新意的合唱团里，它的声音总是优哉游哉的。我把它排在美国知更鸟之前，虽然它在其他方面略有不足，但它在这个位置刚刚合适。我常常觉得这种小鸟还只是个初学者，完全没有掌握自己的艺术。它的音色很好，但是唱起来很吃力。这位歌唱家还不能熟练而自信地运用它的乐器。似乎它只是想唱一段简单的小曲儿，但一次也没有成功过。歌声中很多部分都软弱无力，整首歌的旋律都缺乏美国知更鸟歌曲中的决心和满足。和美国的同类一样，它们在黄昏的时候特别吵闹。

在我参考英国作家对于本土鸟类的评价时，我似乎感到他们并没有正确地评判这些鸟儿的优点和欣赏它们的特质。我听过最悦耳的旋律，也是唯一能够完美展现出美国歌手特质的旋律，是来自一种名不见经传的鸟儿，至少在英国是这样。我指的是柳莺，实际上它经常被叫做柳林鹪鹩——一种娇小的棕色鸟，它们会在地上建起一个圆顶的巢穴，并用羽毛稍加装饰。怀特说它的歌声："甜美却又带着悲伤。"他只说对了一半。它的声音悠长且温柔，不乏力量和音高，但是却纯粹而甜美。是花鸡歌声更为精致和理想化的版本。我在英格兰南部和法国听到的著名的黑头莺远不如它，只在力量和音色方面略胜一筹。这歌声也许是阴柔的，不带一点刚强，却触碰心弦。

"又是那个叫声，像垂死之音！"

柳莺的歌声确实是垂死之音，其他的鸟语完全没有这样的特质。这声音圆满的升起，并慢慢的降下来，最后以一声温和的低音结束。我到处都可以听到这种鸟的叫声，跟花鸡一样，它们的叫声经常光顾我的耳朵。然而我问过的乡下人都还不知道这种鸟，又或者把它与其他的鸟儿混淆。这歌声对于普通的英国人来说太过精美，太过纯粹，没有一点杂音。白喉莺更有名气，声音更加洪亮粗犷，更加铿锵有力，比起柳莺来，更受约翰牛（英国人）的欢迎。

在英格兰旅居数日之后，我能够更好地理解为什么英国人认为它们的鸟儿要优于我们。我们美国的鸟儿，声音不够嘹亮，数量更少，与人不很亲近。人们更多时候需要主动讨好，它们一般很少离开荒野。它们的歌声中有森林的馨香和狂野，又有风中呢喃的悲伤。它们不像英国鸟儿那样开开心心的，仿佛生活对它们总是有很多考验，它们被迫迁徙，并且不得不跟严峻的气候条件做斗争。

当人们听到欧洲布谷鸟的叫声时，会为曾经听过布谷鸟自鸣钟的声音而感到遗憾。布谷鸟钟剽窃了布谷鸟的鸣叫，所以真正的布谷鸟听起来反而像是被二手处理过的人造的声音，就像把一个布谷鸟钟放在山丘上或是在墓地里。但是听上去更加欢快，完全没有美国的布谷鸟那种孤独的修道士一般的声音。在春季，当这个声音响起来的时候，我便可以轻易地感受到这个声音对于当地人来说是多么的重要。

我发现之前我唯一低估的英国鸣鸟是鸫鹟，它真的是远胜美国的家鸫鹟。就算不能与我们的冬鸫鹟相提并论，至少也是不相上下的。如果不是放在一起对比，根本无法判断哪一个更优秀。它们都充满激情，感情丰富。同时，两种鸟在外形，颜色甚至一举一动都极其相似。它们分布广泛，随处歌唱，因此它们为人类创造的乐趣要远比美国的鸟多。巴林顿在评估英国鸣鸟的优劣时，把鸫鹟放在了一个非常低的位置。他拒绝承认它们的柔美与哀伤，只认可它们的快活，这让他整个评估都失去了可信性。他认为画眉和黑头莺应是并列第一，但这两种恰恰是英国最普通的小鸟。

英国知更鸟是一位出乎我意料之外的好歌手。诗人和作家们都没有给予它公正的评价。它是夜莺的后裔，并继承了那个著名家族的一些优良品质。它喜欢在薄暮中歌唱，我常常在黄昏之时驻足聆听。它的歌声与众不同，急躁而且时断时续，但是音色纯正，极具穿透力。它那清晰、平滑的发音造就了这样的穿透力。在某一时刻会迅速猛烈的发声，如同篱墙突然倒塌了一样，而后又戛然而止，间或传来

清新的原野　Fresh Fields

一两声欢快的鸣叫，最后声音渐渐随风而去。它时而停下，时而踟蹰着，犹豫不绝，然后结结巴巴地将音符一个个脱口而出。但当它们正儿八经地开唱，歌声又是不可思议的纯净和清澈。我曾经将绿色的山桃木枝条扔进了燃烧的大火之中，刹那间蒸汽从硬木中迸发而出，并爆发出了一种强劲而悦耳的声音，和知更鸟的叫声一样。

游走于英国的公路和田野，一定会想念家中麻雀温柔的叫声，还有墓地和森林中京燕的哭泣，还有红眼小鸟那欢快的自言自语。英国麻雀和白颊鸟的声音都很尖利，并且当他们演唱的时候，嗓音极其粗糙。黄鹀跟美国的麻雀最为接近，它没什么特别之处，但是唱起歌来不知疲倦，不过它的声音非常柔弱，像美国的草原雀，叫声几乎不比蚱蜢的唧唧声大多少。它的外形和羽毛颜色与黄昏雀鹀很相像，只是雄性的头上多了一抹儿淡淡的黄色。

绿翅雀或称绿羽朱顶雀，也是随处可见的鸟。但是比起美国的几种雀类，歌声少了几分悦耳。而金翅雀则极为少有，也许是因为鸟商们大量捕捉的缘故。它的歌声是一串喊喊喳喳和啾啾，不像美国的金翅雀乐感十足，尤其是当后者成群聚集在树上竞相歌唱的时候。英国的金冠雀叫声纤细，比起美国的逊色很多，甚至都赶不上我们的爬虫。五子雀的叫声也不如我们的温柔清晰，而且各种啄木鸟数量也不多，这里实在是没有那么多的树可啄。它们看上去更加羞涩和安静，我只在沃尔莫森林附近漫步的时候看到过一只。

我在哪里都没有找到森林云雀，这里的人常常把它与鹨混淆在

Part 6　英国鸟类印象

一起。同时我发现黑顶山雀也很稀少，而且人们对它的赞誉也有言过其实的嫌疑。夜莺只在有限的范围内活动，而且到了六月中旬它们也变得比较安静了。在六月十七日之后，我曾不顾一切地追寻过它的脚步，但最后以失败告终。我在前面几个章节详细地描述过。园莺也不是在每个花园中都能看到，我好像只听到过一两次。

不得不说，那普普通通的矶鹬确实比美国的要活跃，并且更富乐感。我在高地湖畔听到过它的叫声，而它们欢快的音符也几乎串成了一首歌，如此地连绵不断，如此地明亮和欢快。

我最先看见也是最令我迷惑的一种鸟，是凤头麦鸡，别称黑头红嘴鸥。在我去艾尔郡的路上，我从车厢里看到了它。那是一种体型较大，翅膀宽阔，有几分笨拙的鸟，界于鹰和猫头鹰之间。伴着疾驰而过的火车，时而俯冲，时而滑翔。在苏格兰这种鸟数量非常多，尤其是在海岸附近和湿地。我坐在公共马车上，见到红嘴鸥正带着它们年幼的孩子在原野上奔跑嬉戏。这种体型与家鸽差不多的鸟，在地面上却极尽优雅，讨人喜欢，时而敏捷地跑过，时而停下来专注地盯着你看。它们头顶有羽冠，全身环纹，白白的肚皮，光滑的绿色后背，一举一动都像是可以看得见的音乐。但当它飞向天空时，它的美丽和优雅就不复存在了。它的翅膀看起来肥胖且笨拙，像一双带着连指手套的手，尾巴很短，头和脖子缩着，怎么看都不像是一只鸽科鸟。在它们嬉戏、雀跃的时候，它们的外形轮廓更像是一个巨大的蝙蝠。我还在沼泽地看到了麻鹬，我永远都不会忘记它们既粗犷又灵动的歌声。

　　几乎所有的英国鸟儿都比美国的鸟有明显的喉音。难道是因为它们也和人一样主要用喉咙发音吗？在乌鸦的群落中——白嘴鸦、松鸡、寒鸦，这一点尤其明显。当地白嘴鸦叫声沙哑粗犷，不像美国的圆润清晰。褐雨燕的吱吱声则像气喘一样，与美国褐雨燕愉快的叽叽喳喳形成了鲜明的对比。在欧洲，烟囱雨燕在谷仓中筑巢，而谷仓雨燕则在烟囱里安家。我们口中的烟囱雨燕——即这里的谷仓雨燕——在外形、声音、颜色还有飞行姿态等方面，几乎与美国的同类一模一样。而褐雨燕比美国的烟囱雨燕体型要大，并且长有燕尾。这里的无足鸟倒也与美国的崖燕大同小异，只是美国的更加强壮，羽毛更艳丽。它们有着同样的筑巢方式和相似的音调，比美国的燕子更加多产。英国的鸣禽基本上分为两种——云雀和夜莺。它们是集大成者，吸收了其他鸟类的特色，并将这些特色演绎到极致。它们是鸟中之王。几乎所有的雀类和鹟鸲在外形上都是云雀的翻版，而几乎所有的啭鸟以及画眉的歌声都有模仿夜莺的痕迹，它们的能量在夜莺的体内汇聚至一处。云雀的歌声，不论是音质还是风格，在合唱团低一级的鸟类身上都有体现。而鸣鸟对音调的把握和控制，从叮叮当当的棕柳莺逐级上升至技艺成熟精湛的夜莺。莺类中有很多种在夜晚歌唱，而雀类中有一些是在飞行时高歌。雀类以欢快和喜气洋洋的性格而著称，喜爱明亮宽敞的空旷地。夜莺有着更为纯净的旋律，它们青睐于薄暮和森林中隐秘的角落。两种著名的歌手都有着它们代表性的颜色，灰色和黑色。我注意到很多鸟的尾巴上都有类似云雀的两条白色飞羽。

我想我高估了仲夏时节英格兰鸟儿歌声的数量。比起美国的鸟鸣实在太少。六月最后的两到三周十分安静。我在漫步时唯一听到的鸟鸣是黄鹂。而在八月初我准备打道回府的时候，各种鸟儿才在我住所的附近奏出喧嚣的音乐，一大早便把我吵醒。直到九月才会看到歌雀和灌木麻雀，十月才能每天听到红眼小鸟和绿鹃的歌声。

我要补充一下，大体来说我在英格兰的任何地方都没有听到过家乡的鸟儿那种动听的歌声，虽然我逗留的时间很长，听得也很仔细。也许数量庞大，但是质量却不高。而美国，在季节交错时，好几种最优秀的鸟儿在同一地点出现——比如说树林中某个它们经常光顾的地方，或是那些被繁茂的树木遮蔽的山谷，无疑是个很好的去处——这样的情况时有发生。我在卡茨基尔山南麓的一个小型山湖旁发现了这样一处地方，刚好越过农场边界，在原始森林的边缘上。这一汪湖水被长满了树木的峭壁围绕着，除了一边有一片古老的废弃的空地，上面生长着小树和灌木。鸟儿们喜欢亲近水，它们也喜欢像礼堂一样的地方。我认为小湖边的那片空地就刚刚好，那里十分宽敞，鸟儿的歌声可以在其中回荡。它们确实喜欢那里，尤其是在清晨，三点半到四点半的时间段里，我在那里听到了从未听到过的一阵优美的旋律。这些声音中最突出的要数黄褐森鸫、棕色夜鸫、玫胸白斑翅雀、冬鹪鹩，还有一种绿鹃，尽管很模糊，偶尔在夜晚还有小隐蜂鸟。所有小鸟的歌声都是纯净而优美的旋律，只有绿鹃除外，绿鹃更多的是活泼。这个特有的雀类歌声是一阵"喊喊，喊喊，喝，喊喊，喝！"在我们的帐篷顶上整天这样唱着。黄褐森鸫数量最为众多，在有露水的凉爽清晨，它们纯净的歌声，独唱或是合唱，掠过半透明的湖面传入我的耳中，让人难以忘怀。它们那如流水般清澈的旋律与周围的景色完美相融。眼睛和耳朵同时沉浸于美好与和谐当中。片刻之后，从最高的那个树顶上传来松雀清晰的横笛般的叫声，还有棕色夜鸫简单的长笛声，有时从我们胡桃色的帐篷顶上传来，冬鹪鹩迸发出甜美的声音虽然粗犷但却充满深情。所有歌声交织在一起，我有幸聆听到了这样一场完美的合唱。有时在日落之际，我们慵懒地坐在小船上，看着鳟鱼四处跃出玻璃一样的水面，此时那抚慰人心的动人旋律于四面八方再次响起，直到黑夜将整个森林覆盖。最后一个音符是黄褐森鸫发出的，它们大声地喊着"停下""停下"。我曾在夜里听过另一种画眉的叫声，就在这附近的某一个地方。它们后背呈橄榄色，歌声比起棕色夜鸫要少些变化。我在英格兰的黄昏里，也听过知更鸟、黑头莺、歌雀的歌唱，它们的声音交织成一场洪亮而悦耳的大合唱。即便夜莺那洪亮的高音没有加入进来，这纯粹的歌声依然是无与伦比的动听。

Part 7

华兹华斯的故乡

黑鸫

没有哪个诗人能像华兹华斯那样深深触碰我的心灵。一切受过良好教育的知识分子都为莎士比亚而倾倒，毫无疑问他是个天才。华兹华斯的诗篇更像是在传达某种信息，某种更加特别、更加私密、更加适合于一个封闭的读者群的信息。他代表了人类思想和经验的一个特殊阶段，对某些人来说，他的贡献在于建立了真理的新秩序。他的思想启蒙了约翰·斯图尔特·密尔的逻辑思维。他本身的局限性同时也造就了他。就像远离人烟的山谷，更隐秘，也更珍贵。他不是，也永远不会成为一个世界级的诗人，他属于那些特立独行、喜欢安静、喜欢与大自然对话的人。对于大自然，莎士比亚更像是一个粗心大意的狂欢者。在四处闲逛的时候，把同伴仍在一边，自己跑去摘朵野花或是捡个贝壳。

　　"在石砌的喷泉边，在汩汩的溪流旁，在海边沙滩上。"

　　他的确在诗歌创作方面有着卓越的成就，但是他的诗歌永远不会和华兹华斯所探索的心灵世界有交集。

　　如若不是亲自踏上那片土地，人们不会意识到后者以一种怎样淋漓尽致的方式在诗篇中重现了威斯特摩兰的景色。六月初，在我向南行进的路上，我在那里逗留了几天，并在七月末的返程中又驻足几日。我沿着温德米尔湖向格拉斯米尔行进，这是我第二次来到这里，我住在历史上颇为著名的斯旺旅馆。当年斯科特在华兹华斯家暂住时，常常会偷偷地在这里喝上几杯啤酒。

在我沿着赖达尔湖畔前行的时候，布谷鸟的叫声从湖面上传来。我在路边摘了一朵毛地黄，然后停下脚步倾听山间激流欢腾的声音：

"悬崖上，瀑布吹响了号角。"

我看到几处绿地，人迹罕至的山岭，平坦的小谷，光秃秃的高地，遍布岩石的海角，隐蔽的山谷，以及清澈见底、欢快流淌的溪水。这幅景色是忧郁的，只有两种颜色，接近于黑色的绿色和褐色。不论是山边绿色的草甸上突兀的石头，还是静静躺在山谷中的石头，都是一副黑色的面孔。但是那柔软清新的绿色值得铭记，那是四月长出的嫩草，在盛夏铺满大地。

格拉斯米尔山谷的美是壮丽的，也是安静的，近乎宏伟。这样的景色我在别处从未见过。这是一种丰碑般的景色，很符合人们对诗人所描述的诗句的想象和理解。尽管四面环山，但这里没有太多地被山脉左右，一大块庄严的平地将周围的山脉逼退到山谷的外缘，看上去像是一圈高低不平的围墙，上面覆盖着草皮，垂下来的部分布满褶皱。

无疑这幅景色就如德昆西所言，山谷中这一块平地让格拉斯米尔镇的景色比北威尔士的更要令人印象深刻。两处的山脉地貌近乎

Part 7　华兹华斯的故乡

一致，但是北威尔士的山谷是碗型的。在众多陡峭崎岖的景象之中，人们更愿意将视线停留在静止的水平线上——一小块台地、湖面，或是平坦的谷底。美国卡茨基尔山脉内的主要山谷都有宏伟的平地，如同华兹华斯所在的这一片土地。能够每天在格拉斯米尔教堂边的小桥上沉浸在这片景色中，我倍感荣幸。丰沛、清澈的河水从眼前缓缓流过，在石堤下面，河水停止不前，慢慢变深。附近就是诗人长眠的地方。我的目光掠过眼前的平原，直到附近的山脚下，或是凝视四周高出树梢和农舍的山顶。黑鸫鸟也喜欢徜徉在此，喜欢伫立在喁喁细语的流水旁的石头上沉思，从它们休憩的地方，一眼就可以看到那洁白无暇的胸脯。有时它们会沿着水畔轻快地走来走去，或者掠过水面几英尺，然后像破灭的泡泡一般蓦地消失在眼前。我看到在它消失的地方有一片溅起的水花，然后每一滴水都慢慢地重新汇合成平静的水面。片刻过后，它又会冲出水面，身上的羽毛还是像先前一样干燥平整。观察这身材和举止都与水鸟迥异的圆胖的小鸟频繁地消失在水流中真是件有趣的事。它看上去不是潜入水中，而是跌入水中，好像它的翅膀突然失灵了。有时你清清楚楚地看见它从栖息的地方掉进水里，眨眼的功夫就消失了。而当你好奇它是如何在水底"行走"时，它又是一副毫不在乎的样子再次出现。它是一种鸣禽，属于鸫科。它总是能为我们各地——太平洋海岸除外——都少见的山脉、溪流、瀑布添上一幅景色。如同埃文河流经斯特拉特福，溪流蜿蜒地穿过格拉斯米尔山谷，依傍着墓地的堤坝流淌。溪水澄澈、明亮、充沛，其中游曳着很多鳟鱼。在它的脉络中流淌着一抹吉普赛人血液的红色，这从山脉间黑色的冰斗湖中得来的颜色更为它添了几分情调。我在村子附近的一片草地上看到一个渔民在这条小溪内钓了几条鳟鱼。即便是一场大雨过后，这条溪流也没有混浊，只是颜色加深了一些。这片原野和山峦被草皮覆盖，土壤一点也没有被流水带走。

小瀑布一直都是这个乡村里极具特色的美景，而它们在华兹华斯的诗篇中也被多次提到。到处都萦绕着水流坠落的声音，就算耳朵听不到，眼睛也可以看到一大片白色的泡沫从绿色的斜坡上滑下。谷底没有生长树木，从而没有可以阻挡视线的障碍物，也没有树林的婆娑的响声削弱远处流水的声音。我在格拉斯米尔的那段时间下了很多场雨，脑海中浮现出了这一节诗：

"当风暴退去的时候，

山谷中便回荡着它的声音，

这是河流铿锵有力的合唱，

汇聚成一个声音。"

当你拜访过华兹华斯所在的村庄时，"溪谷"与"山谷"便有了新的含义，正如"村舍"和"牧羊人"在这里和苏格兰比美国有更重要的意义。

"那大自然的宠儿啊，让它们抱怨吧！

在那绿油油的山谷间，有一处巢穴，

Part 7　华兹华斯的故乡

这是一处港湾，这是庇护所，
你，我的妻子，我的朋友，
将会过上富足的生活，
将会成为老友的明灯！"

每一处简陋的住所都像一处巢穴，而那位诗人的房子便是这样温馨的如巢穴一般的居所。每一条溪谷都是绿色的，像怪石嶙峋的高地间的摇篮，包裹着最厚实的草甸。

华兹华斯被描述成一位自然诗人。某一部分大自然深深吸引的人类诗人——那阴郁的、安静的、葱碧而遥远的群山的孤独。他身上有一种牧羊人的特质，他热爱那些羊群、高地、冰斗湖、柔软的草地、受到庇护的山、，还有那羊栏，带有几分诗意的牧羊人的本能。他的诗篇中总是反复出现羊羔、绵羊、还有牧羊人的意象。他的诗歌与这里或是苍翠或是阴郁的孤独的群山融为一体，唯一划破寂静的就是羊羔的咩咩声，又或是那远处的瀑布。简单自然却又饱含深情，他说："原始的悲悯，存于过去，直至永远。"

他思考自然，但是他的心里早已有了大自然的投影。在他的诗篇《兄弟们》中，他这样描述他心中那位走向大海的英雄：

"他的心，留在群山之间，
他是一个行走在海浪上的牧羊人。
莱纳德，在管套中听到瀑布落下的声音，
还有陆地上洞穴和森林的回响。"

从船侧探出身来，凝视着"无边的绿色海浪和海面上闪闪发光的泡沫"他"看到了山川的秀美，看到了那青翠的山峦上放牧的牛羊"。这便是他自己的心诉说给他的，每一次经历和情绪都在他的脑海里勾起了这些挚爱的画面。

一天下午，当太阳似乎赶走了柔软的积雨云时，我准备出发登上赫尔维林峰。我在斯旺旅馆后面的大路上走了一英里左右，走上一条小路，在我右侧出现了一个山坡，延伸至格里斯戴勒和阿勒斯沃特。我赶上了两位女学生，她们将我带到了正确的路径。山间激流的响声远远地传到我的耳朵里，小路偶尔也会穿过激流。我的右侧是费尔菲尔德山，左侧是赫尔姆峭壁和顿迈尔高地。而格拉斯米尔平原不久就被我远远地丢在了身后。农民们仿佛受到了这一抹阳光的鼓舞，匆忙地把被雨淋湿的干草聚拢在一起。从我这个角度望过去，他们好像异常缓慢而吃力地卷起一大张深棕色的纸，裸露出下面清新的翡翠绿。在这里，晒干割下来的草要花很长时间（通常是两周），并且在旧草被运走之前，他们身下第二茬新草已经在悄悄发芽。我脚下的这片长长的山坡与我身后的平原一样翠绿，在那些细小的绿草下还生长着欧洲蕨，将地面包裹的严严实实。在更高处，往往只有牧草。在分水岭之上俯视阿勒斯沃特的山谷，我看到了一个黑色的冰斗湖，或是山间的小湖，在这片新奇的景色中也显得很特别。尽管美国的年轻诗人常用"冰斗湖"这个词，就如他们使用约克郡的"荒原"一样，但这个词对我们来说没有任何意义。前者是他们从华兹华斯的诗篇中学来的，后者是从丁尼生那儿。而当你真正在韦斯特摩尔寂静的山顶之上看到这些平静而漆黑的水潭时，你以后可能就不会再滥用这个词了。突然，原本平静的牧羊人的山谷会在你脚下睁开黑色的、炯炯有神的眼睛，更为奇怪的是这些眼睛没有任何碎石充当眉毛，也没有一点灌木来充当它的睫毛。均匀的绿色草甸覆盖着整个陡峭的山坡以及山坡的边缘。如果不是人类双手的修整，那轮廓也不见得会这么规则而柔和。在这翠绿的外套下，是黝黑的土壤，其中蕴含着丰富的泥煤，这也能够解释那些黑色的湖水和包围着湖水的黑色边缘。

"牛羊聚集在在湖水边，

在它坚固的边缘，正如在井边，

或是在石盆边，牧羊人伸手，

捧起甘甜的泉水。"

脚下的小路径直带我走出了冰斗湖便一分为二，一条往下通向格里斯戴勒的主峰，另一条往上延伸至赫尔维林峰的峭壁。在绿色的山坡上走了许久之后，我看见一个男人和两个年轻女人慢慢地走下来。他们来自阿勒斯沃特的格伦里丁，要去格里斯米尔。那两个女人看起来冻坏了，他们跟我说山顶上像冬天一样寒冷。

赫尔维林峰的两侧极其宽广，山背悠长，缓慢而温柔地延长至顶峰。爬到山顶会看到用来划分牧羊场的铁丝网。经过一道门，再走一英里山路才能到达面前的制高点。这里极其平坦，长满了野草，可以乘坐马车通过。快接近顶峰的时候，就看不到野草了，地上布满风化的岩石碎片。这景色实在是令人惊叹，真想一屁股坐下来，痛快地将眼前的美景"一饮而尽"——

"壮丽的山水风光，

从中心向四周，褪去面纱。"

风轻轻地吹着，一点也不冷。向着阿里斯沃特的方向，山陡然下降几百英尺，但是它广阔的西部斜坡上平坦完整，长满了牧草。而后我在笔记本上简短地记录下此景中最富特色的部分："北面的大地，直到卡莱尔，都沐浴在阳光下。""巨大的山顶简直是一种浪费。"

这里的山峰不像苏格兰山峦那样崎岖不平，但是景色要比委努峰的更加怡人，视野更加开阔。黝黑的冰斗湖横卧在脚下——根据地图所示，其中一个叫做凯珀尔科夫湖——它们看起来多么的古怪！我隐约可以看到在这些湖的边缘走动的人影。阿里斯沃特山的那边是一大片田野，天上的云懒懒地飘着，在下面的草地上投下了斑驳的阴影。在东北部的某些地方，山脉的山脊和两侧都是大片田园一般的草甸，像覆盖着一层绿色地毯。而在其他的一些地方，绿毯之中还夹杂着乱石。圣礼拜峭壁的西侧，穿过格里斯戴尔，是一个陡峭的山坡，布满碎小松散的石头，就好像是谁故意把它们倾倒在山顶，石头顺着斜坡缓慢地往下滑动。不过我没看到体型较大的卵石分布。偶尔能看到一些黑色的泥煤。这里的小溪不论是近处的还是远处的，都如雪一般洁白，欢快地流淌着。在更为险峻的山坡上分布着野草和苔藓，像冬天过后的积雪，柔软的绿色像四月的第一片叶子。莫克姆湾往南，一大片湖泊映入眼帘。羊群遍地，带着他们的羊羔零星地散落在绿毯上，偶尔会听到他们的咩咩声。附近除了山鹡鸰的叽叽喳喳，周围一片寂静。麦穗在风中轻轻摇摆。眼下，一座山像胖乎乎的海豹横卧在阳光下，它面向西侧，弯下腰来舔舐自己，身上显出了皱褶和浅窝。眼前的这幅景色蔚为壮观——附近的山峦全在阴霾中，而远处的则沐浴在阳光下，恐怕这样的场景我再也不会见到了。有些山峦绿色的外衣已经破烂不堪，只能勉强地依附在山体表面。看不到石南花的踪迹。温德米尔湖附近的山峰更为崎岖和坎坷，像苏格兰一样空气中笼罩着洁白，静止的白雾。当阳光冲破这层阻挡时："倾斜的银河拨云见日，快速地流淌于悬崖之间，散落的碎石也欢欣鼓舞。只有在这样的景色中，人们才可以与大自然面对面的交流。"

"这片原始的土地，让这个星球在你面前赤身裸体。"

而在森林中便不可能做到了。这种原始的、深不可测的力量，在冥思中生长，可以说是那牧羊人对他的绵羊倾尽的心血，那跳跃的激流的歌声，只有俯视身下的景色，缄默地在心中为之赞美。华兹华斯一生都在描写那些孤独的山谷，但是他的心更加孤独。外在的孤独恰好与他孤寂的灵魂表里相融。"寂寞"，提到某个山谷时，他这样写道，

"但是，

没有忧伤，因为这绿色，

因为这光明和富饶，它为自己提供了

一切的生命所需。

温柔地躺在崎岖的臂弯里，

这是多么体贴的呵护。"

  英格兰湖区山脉的迷人之处主要来源于它的温柔和包容。高耸崎岖却又圆润精致！外表没有一点蓬松散乱，唯一长相粗犷的就数欧洲蕨，但远看还是如牧草般强韧。这里的草甸如草坪一样精美和密集。羔羊们除了这些丰美的牧草别无他求。水坝上的草甸不能更柔软。到了七月末，草依然又短又厚，仿佛它不打算生长，不打算结出草籽，而是始终保持着完好密实的草甸的样子。我已经习惯了这里漫山遍野的草和长在低矮山坡上的欧洲蕨（苏格兰和威尔士也是如此），就算在美国，也没有什么能让我如此习以为常。好像它们是自然界中仅有的两种植物。在北英格兰有很多这样的隆起的地势，相比丘陵太过高耸，相比山峦太过平坦，于是被称作高地沼泽。连接卡莱尔与普勒斯顿的铁路在霍夫山沼泽、特贝沼泽、幻影沼泽之间蜿蜒。即便是在仲夏，它们都是如此均匀而生机勃勃地散发着绿色，如同画上去的一样。这浩瀚的绿色之上没有一点瑕疵，没有野草茎或是干草混在其中。水天一色，这纯粹的绿色与天空的湛蓝交相辉映。秋天来临之际，大自然也没有要成熟和枯萎的迹象，在十月依然是五月天的翠绿。

Part 8

英国野花一瞥

荨麻

  我在英国采摘的第一朵花是在格拉斯哥的一个公园里。那儿的草坪最近被修剪了,但是这些雏菊如繁星般点缀在这片草坪上。这种花如小草般普通,在每一寸草坪上你都绝对可以寻得一朵,甚至还可能是几朵。"拜伦沃特"——孩儿花,有时候会这么叫它,这个说法还真是有点孩子气呢。它被所有的诗人所青睐,若是人们亲眼看到这种小花,一定不会觉得它们被过分夸奖了。有些花是靠天生美丽的颜色和外形讨得人们的喜欢,但另外一些则是依靠它们某些人性化的品质:雏菊有着羞怯、谦卑、低调的外表,这使它看上去非常的迷人。一朵小小的白色环状花,边缘点缀着不均匀的深红色,如孩子的眼睛从地上仰望着人们。

  "你与生俱来的低调和平凡,

  一张素面朝天的脸庞,

  仍然是掩饰不住的优雅,

  那是爱造就了你的一切。"

  它的魅力对于一个美国人来说是始料未及的,尤其是它与此处分布广泛的牛眼菊——在英国也不少——那粗糙的外表形成了鲜明的对比。苏格兰人称牛眼菊为"犬雏菊",我认为它不仅比美国的更粗壮,而且更高大。尽管是最普通的野草,"娇小,谦逊,有着红色点缀的花朵"的孩儿花,也选择长在家门口。它们好像没有像其他野草那样浪迹天涯,不顾一切,四海为家的癖好。虽然华兹华斯这样描述它:"你浪迹天涯,谦逊低调,心思笃定。"但是我相信它们绝不会生长在荒芜的海滨之上。

雏菊含苞待放之时要比盛放要美丽,那时它的深红色最艳丽。在遭遇坏天气的时候它就会收起它的花瓣,在丁尼生的笔下是这样的:"它轻轻地合上了深红色的花瓣,将大雨关在了门外。"

我从格拉斯哥出发,短暂地经过阿洛韦的时候,我第一次将手放进了英国荨麻之中,但我不得不迅速地将手缩了出来,那感觉就像被火烧到了一样。我万万没有想到,那几簇粗枝大叶的深绿色的野草就是荨麻,它长在一棵古老的苹果树下,附近长着蓝色的虎尾草和鸡冠花。但是我很快便知道了在英格兰和苏格兰,有一种随处可见的植物,那便是荨麻。它是英国野草中的皇家列兵,在这个岛上每一条路的路边和树篱墙上站岗放哨。

天黑以后,将你的手放入任何栅栏的角落,或者树篱之下,又或是田野地埂上,你十有八九会以惊人的速度收回你的手。这些植物竟然长着恶毒的尖牙!就像蜜蜂的毒针。你的双手会在随后的几个小时内灼烧、刺痛。我和我年幼的儿子在杜恩河畔正兴致勃勃地采集野花,我听到了几码之外他的哭喊声。当时,我刚刚把手从荨麻草丛中抽了回来,那刺痛就像伸进了马蜂窝一样。我一下子就明白了我的小伙子遭遇了什么。我们把灼烧的指头放入水中,事实上那只不过加剧了痛感。这是一种深绿色、郁郁葱葱的植物,一般长到一到两英尺高,没有人能躲得过。它像是一位警察,保护着树篱内的每一朵花。"在如荆棘般的危险中,我们安全地采下花朵",这座岛上这个形象的比喻意义重大。我最熟知的美国的荨麻,是长着宽大叶子的加拿大荨麻,在森林中生长,娇羞且精致,常常被牛采食,并且也只有一点柔软的毛刺而已。尽管当英国荨麻烘干之后是优秀的饲料,但是显然没有任何一头牛的舌头能够忍受,据说这里的荨麻晾干过后可以制成不错的猪饲料,虽然如此,但是猪吃的荨麻也要经过水煮。在资源匮乏的年代,荨麻曾被广泛地制成罐头,并且在烘干之后它的纤维可以与亚麻媲美。有人告诉我用手搓一搓就可以去掉上面的刺,但是我还是无法鼓起勇气去做这个尝试。奥菲利亚用"金凤、荨麻、雏菊和长颈兰"制作他的花环。这里所说的荨麻很可能是无刺荨麻。

有一位我比较熟悉的苏格兰农民,在一个周末的傍晚带我漫步穿过他的田野。我在上午去过他的教会,傍晚他和他的儿子去了我的教会,他们也像我一样喜欢布道。杜恩河岸与河畔的山坡,在五月的艳阳天里,美得让所有人折服。我沿着小路顺河道走了一段路程。金莲花,与半张着花瓣的金凤花十分相似,频频向我们点头致意。在一处宽阔的、倾斜的半圆形堤坝上,一块平坦肥沃的开阔地向下延伸，靠近河畔的底部长满了灯芯草。英国人把这样的地方称作"斜堤"。我们斜靠在草地上，听着鸟语，品味花香，而鸟鸣中除了云雀之外剩下的都很陌生。紫罗兰花生长在一片湿地上，类似于美国的美洲荠。莎士比亚称之为"一袭白衣的女子"，但这些花并不是白色，更像是浅紫色。在附近的一处地面上，有一个草地鹨的巢穴，那是一种鹨属的鸟，我的朋友极力让我相信那就是我一直在寻找的森林云雀。巢内有六颗棕色斑点的蛋，真是个惊人的数字啊。可是我转念一想，这个村子里所有的鸟巢都挤满了蛋，就像家家户户都挤满了孩子一样。有一种白色的伞状植物，与野萝卜很是相像，点缀在草地上。我的同伴说，这是山胡桃或是叫土栗子，它的一部分根茎很甜，可以食用。说话间他就用手指挖起了一株，这让我想起了卡利班在《暴风雨》中的台词："我就用我的尾巴都能挖起三株山胡桃。"这种植物在英格兰自由的生长，但是不像野草那样惹人生厌。

在这个斜堤的后面，有一片长满了树木的矮坡，我摘下第一支车前草，那是一小串纯白的花朵，跟美国的虎耳草极其相似，散发着怡人的清香。茎杆上螺旋状的排列着叶子，这种植物风干后香气会增加，只需要一小把就会满室弥香。

野风信子，也叫蓝铃花，已经开始枯萎了，但是在林间地埂上还是可以采摘到一些。这也是英国的大自然中分布及其广泛的一种。在它成片生长的地方，可以使丛林看上去像天空一样蓝。空气中弥

Part 8 英国野花一瞥

漫着它的清香。诗人丁尼生比喻为"风信子床单"。我们东部的各州，就没有如此丰富的林木花卉。

美国的花朵，与鸟类和所有野生动物一样，都要比英国的更羞涩，更喜欢幽居。它们乐于隐藏在森林之中，并且分布也不算广泛。美国的汉荭鱼腥草是只有在森林中才会有的植物，但是在英格兰，那些开阔的原野，路边都有它的踪迹。的确，英格兰的林木花卉或多或少地在田野中和树篱间都有分布。主要的原因大概是，他们这儿的花卉从来就对庇护所的要求不高。这里潮湿的空气提供了更充足更均衡的水分。不论冬夏，这里的水分都是一如既往的均匀和丰富。潮湿、凉爽、背阴，是树木茂盛的前提条件。而森林的环境则近乎隐蔽在黑暗和寒冷之中。植物们努力生长，为的是寻求阳光和温暖。它们在潮湿、肥沃的土壤中撒下的每一粒种子也都是为了这份温暖。

我们有很多种林木花卉，其中大多数上等的品种都是出自于森林。这些花跟鹧鸪和海狸一样本是长在野外的，在耕地出现之前就很难觅得踪影。像黄色的堇香花、野草莓、大花延龄草、荷色牡丹、春艳花、延龄草、各种兰花、颚花，还有其他种种。所有上述的这些植物，如果长在英格兰的话，就会出现在原野和空旷处。然而，野草莓是个特例。在这里它更像是一种木本植物。美国的草莓，除了极为稀有的品种（欧洲草莓）之外，在耕地之上是长势最好的，所以莎士比亚对这种水果的描述不是非常准确：

"草莓生长在荨麻下面，

与劣质的水果为邻，

有益于浆果的生长和成熟。"

我相信英国的草莓只在特定的地方才能找到，比如说森林和灌木丛中，并且成熟的果实要比美国的个头更小，颜色更淡。

这岛上的自然母亲不如我们的多才多艺。气候较少变化，更加稳定而统一。她的作品中少了斑斓与反差，也少了几分变幻莫测。她对于创造新物种极其谨慎，但无穷无尽地繁衍旧的物种。我没有看到像美国那么多的花朵品种，但是每一种的数量都极为丰富。她的园囿非常丰满，只是种类很少。当你找到一株野花的时候，周围一定有成千上万的同类。华兹华斯看到"黄水仙花"时，说，

"如繁星般连绵不断，在银河之上闪烁。"

几乎所有的普通野花都是同样的数量繁多。金凤花、蒲公英、牛眼雏菊，还有其他从欧洲引进美国的野花，都是大自然馈赠旧大陆的礼物。在七月，王国上上下下所有的小麦田和燕麦田都撒满了猩红色的罂粟花。仿佛原本绿色的麦浪溅上了血。其他的花朵也是同样常见。植物们好像要把自己种满整个岛，从这一端到另一端。我从没见过如此多的白色三叶草。从七月初到七月末，整个苏格兰和英格兰的原野都是一片白色。每一平方英尺的土地上都开满了它白色的花朵。这是蜜蜂的盛宴。除非多雨的季节里花蜜被大量的雨水冲淡，这样的情况是很有可能发生的。从苏格兰南下的旅途中，毛地黄同我一样在整个大地上旅行，而且我发现南方郡县的毛地黄

同北方一样众多。这是所有野花里我见过最美丽和最引人注目的，到处都能看见紫色的铃铛花耸立于灌木和蕨类植物中间。在萨里郡和汉普郡我在灌木中看到这些小花能长五英尺之高，在北威尔士的乱石之间甚至更高。我们没有一种引人注目的野花可以与之媲美。它是那么的耀眼，并且数量庞大，就算旅者在特快列车上也不会错过，而行人更是能在路上看到它像火把一样的排列。随着季节的推进，花朵会沿着茎杆逐渐向上蔓延，往往从根部到顶点要花一个月到六周的时间，整个过程中形成令人兴奋的色彩层次，每一天都有所不同，总是以清新的面孔出现在世人面前。它永远不会看起来让人觉得寒酸，自始至终都是如此。位置较低的花苞会在六月的第一周开放，然后这紫色的小花缓慢地往上攀登，蜜蜂和飞蛾在这些铃铛花之间飞舞。直到七月末，摇曳的枝头开着两到三朵花的时候，它便到了完美的阶段，那些花朵都如第一朵盛放的一样鲜艳无比。我很奇怪为什么诗人们没有常常提及它。丁尼生说"毛地黄的尖塔"，我在济慈的诗中也看到了这样的暗示：

"小鹿一跃而过，吓到了藏在毛地黄铃铛花里的蜜蜂。"

还有柯勒律治的诗篇：

"毛地黄高耸的铃铛花在风中摇曳，

它弯下身子，送走跃起的百灵，

迎来落脚的林雀。"

柯勒律治也许知道云雀不会栖身于毛地黄的枝头，或是栖息于其他植物之上。因为它们是一种走禽，而不是一种栖息在树上的鸟类。但他的诗篇中似乎有相反的暗示。一位伦敦记者引起了我对华兹华斯这几句诗的注意，

"蜜蜂飞向天空，和佛尼斯山顶一样高，

却仍要回到毛地黄的铃铛花内，连绵不休地嗡嗡低语。"

并补充了："没有如诗，但却如画，这是德文郡妇女们眼中沉闷的牧师和朱木尔的仙鹤；这是毛地黄内嗡嗡叫的蜜蜂，这是孩子们的一种游戏：跳跳钟。"

在路边我看到最美的花便是虎尾草。直到六月末，我在漫步的时候都会一直看到它们，一簇簇蓝色的小花朵簇拥在路边，它们稚气的脸庞朝向太阳，我常常停下脚步观赏。这种花朵比紫罗兰更美丽，比美国的休斯顿尼亚花植株更大，颜色更深。是雪割草更小更精致的版本，靛蓝色的花朵常常嵌在原野的绿草中，或是路边。

"小小虎尾草那可人的蓝色。"

丁尼生这样歌颂道。我看到它与金凤花和雏菊在卡莱尔的坟墓上竞相开放。这朵小花是对人性的温柔和严厉的大自然的诗意最美丽的诠释。

在英格兰湖区我看到了草地点缀着一种紫色的野生天竺葵，也许就是草原老鹳草。它与美国的野生老鹳草是同类，它们都会在五月覆盖整个潮湿的草地，只是英格兰的品种是一种近乎紫色的深蓝色。我同时也注意到这里的夏枯草也比美国的紫色要深。紫兰花同

Part 8　英国野花一瞥

样有着更深的颜色，但少了优雅与赏心悦目。在六月，我注意到一种花，大概与美国的塔形兰花相似，有着极为粗糙普通的外表。很可能我们所拥有的蓝色和紫色的野花都来源于欧洲，如菊苣、蓝蓟、牛舌草、马鞭草、紫色珍珠菜和蓝铃花。除了秋日的紫菀花和龙胆草，这些色彩似乎在美国的花系中并不常见。

挪威植物学家许伯勒观察后得出结论，相比南方，较高海拔地区的植物和树木有更大的叶子和花朵，另一方面，很多在南方的白色的花朵生长在北方就变成了紫色。这也与我个人的观察相一致。光线微弱就需要面积更为宽大的叶子；昆虫数量少，植物就需要更大更艳丽的花朵来吸引昆虫，从而保证交叉授粉的成功。黑莓花开了，在美国是白色，但是在英格兰便成为了粉红色。泽泻也是一样。美国的休斯顿尼亚和雪割草在这个国家花朵也许会变成深蓝色。我注意到在新英格兰海岸同一种花朵的颜色也比内陆要深，所以海洋性气候也许也是造就英国花朵的色彩鲜艳的原因之一。

在仲夏踏上湿地和那些安静的河道的漫游者，都会看到同一种花，那便是绣线菊，也有人称它为"草甸女王"。与美国绒毛绣线菊、九层皮、草原合叶子一样，都是绣线菊属。但是馨香要远胜美国的品种，隐隐有杏仁和肉桂的味道。我在斯塔萨斯福德附近看到了好多这种小花。并且在埃文河上划船的时候，我从船上信手采摘了一大簇精美的乳白色绣线菊。阿诺德"金发的草甸女皇"最为准确的描述了它。

清新的原野　Fresh Fields

他们在英格兰培育出一种三叶草：绛三叶草，当它们开花的时候，能给整个原野一种不同寻常的效果，它们那长长的花朵是鲜血一般殷红的颜色。这种花主要用于绿色饲料。我在所有的漫步中从没有见到过一株猫尾草。尽管这种草起源于欧洲，但是似乎英格兰和苏格兰的农民中很少有人知道它。蚕豆，或称作温切斯特豆，则被广泛的种植，这是大地上一道新的风景，它那苹果园一般的清香最为怡人。

看到荆豆让我欣喜不已，苏格兰人叫它棘豆。它的花朵是鲜艳的黄色，那豌豆般的花朵发出的气味总是能让我想起一种混合了椰子和桃子的味道。它和美国的地松一样长满了刺，是一种触碰不得的灌木。它似乎遍布于各个耕作线，有荆豆的地方，就没有耕地。它遮盖住了所有的石南花和普通植物。并且与石南花一起将苏格兰和英格兰高地渲染成了深色。是鲜艳的黄色。在我七月末离开的时候它才刚刚开花。但我在北威尔士与它有过短暂的邂逅，另一次是在北爱尔兰，两次都让人过目难忘。它给暗淡的岩石镶上了紫边儿（这里的石头永远不会像美国那样被浅色的花朵围绕），艳丽的色彩引人注目。石南花要在生长的范围和均匀度上与野草一争高下。直至仲夏，它们会覆盖这整个沼泽和高地，为其穿上深棕色的外套。等到开花的时候，这外套就变成了华贵的长袍。它的花朵为蜜蜂提供花蜜，植株为鸟类和其他动物提供庇护所，农民们可以用它盖房，把茎叶拧成绳子，或是其他的用途。

Part 8　英国野花一瞥

我在英格兰看到的一些惹人生厌的野草还没有在这个农村里出现过。款冬蒲公英在这里的耕地中常见，谷物发芽的时候，它也开始舒展他它宽大而毛茸茸的叶子，覆盖大片土地。这里能看到它的踪迹，但据我观察只在那些较为偏僻的地方。我们本地的羊酸模是从国外引进的，贫瘠的田野被染成红色。但是酸模一个体型较大的品种在英格兰的原野上非常常见，它的茎杆能生长到两英尺高，这对我来说很是新鲜。几乎所有酸模的近亲品种在移植到美国时，都会被"驯化"，失去原本的特色。

总的来说，如果想看欧洲的野草就要去美国。它们在美国很茂盛。它们就像放学后的男孩子，蹦蹦跳跳四处奔跑。它们可以在这片广阔的大陆上自由地生长，野草们被允许扩大领地，这让英国的农民感到震惊。苏格兰刺蓟在苏格兰比在纽约和马萨诸塞州数量更少。尽管毛蕊花在这座岛上随处绽放，我也仅仅见过一株，那是在威尔士。一位伦敦记者这样说毛蕊花："尽管每一株上面都有上百个花朵，但毛蕊花是非常孤独的，独自成长，独自绽放。直到很多年后，才会在同一个地方出现另一株毛蕊花。"我们常常这样说"这里有一株毛蕊花长出来了"，如同我们看到了流星一样。它那法兰绒般的叶子和整个植株生长的状况都会被人们日复一日的观察、记录。尽管不像美国那样随处可见，但蓝蓟、肥皂草、土木香、粉叶草、白玉草，还有一些其他的野草在这座岛上的确都有分布，可是我在这里一眼都没瞥见。因为空间有限，所以这里的人对待野草毫不留情。

你常常会看到男女老少在草地和牧场割草。六月里，有一种野芥末花会大片滋生在那些长势很好的谷地里，在开花的旺季将麦田染成清新的淡黄色。于是，男人和孩子们小心地穿过田垄，扒掉那些芥菜，并把它们从田里清走，一朵花都不留下。

整体来看，应该说英国的野花不比我们的野花漂亮，但是数量更多，更引人注目，并且与人们的乡村生活联系更为紧密，正如他们的鸟类比我们的更为亲近人类，数量更多，也比我们的歌唱家嗓门儿更大，但是不够圆润，唱不出优美哀怨的曲调。英国的大多数花都可以用粗糙健硕来形容，但是庞大的数量也可以弥补质量的不足。

我们初春的野花有着令人惊讶的柔美精致，如雪割草，春美人，藤地莓，血根草，白头翁花，荷色牡丹——有一种木本植物特有的美丽和清香——与英国早春的野花僵硬、粗糙、灌木一般的外表形成了鲜明的对比。像报春花、风信子、大戟草、绿苋葵、蒜芥、五福花、水仙花、白屈菜等。其中绝大多数都以数量取胜，如报春花，像一个花朵的毯子覆盖几英里的树篱。在我去远足的原野和森林，我没有看到美国光芒四射、晃得人睁不开眼的红花半边莲，也没有看到美国百合和草地那狂野的优雅，没有像美国的波状延龄草和凤仙花那样引人注目的木本花朵，没有一种池塘花朵可以与我国东南部非常普遍的美须兰和阿瑞图萨媲美，没有一种溪边小花可以比拟我们的水凤仙，更没有一种岩石花朵可以像我们的斗草一样让人驻

Part 8 英国野花一瞥

足倾慕,没有一种紫罗兰可以像鸟足堇菜一样赏心悦目,没有一种小路边的花朵可以比拟美国的藤地莓,没有一种蕨草可以像孔雀草一样精美,没有一种观花灌木可以像美国的杜鹃花一样芬芳。事实上,他们这里的植物展现了一种平凡之美,非常清秀,讨人喜欢,但不如美国的那样精致和叹为观止。这种差别在两国的枫树上也体现的十分明显:英国枫树更加僵硬、粗糙,而美国的则是如流苏一般优雅精致。同样的,美国的五针松那如少女发丝般的枝叶也不同于欧洲的五针松粗大的枝叶。那它们的优势在哪里呢?它们有数量上的优势。它们的花朵极少会开在荒无人烟之地,通常会聚集在原野、巷陌、公路,长在所有显眼的地方。在屋顶绽放,在城堡墙壁之巅迎风摇曳。花朵覆盖着春日的草地,仲夏的谷地。整个王国都点缀着罂粟花和珍珠菊的火红与金黄。

我在英国皇家植物园摘了一朵睡莲,我想在那里采摘花朵应该是违法的吧。它的花瓣比起美国的同类要厚实一些,没有香味。就芳香类的花朵而言,迄今为止,美国的品种远远比这里丰富,而英国因为单一品种的花朵都数量繁多而占据优势。

这里的确是一个花的国度,一切都定格在永恒的春天。这里有着我们那苍劲的天空下永远不会有的四季如画。

Part 9

英国的沃土

白嘴鸦

1

穿过大西洋,从新大陆来到旧大陆,在靠近这个陌生、古老、人口稠密的海岸时,旅客们最初的感受之一是那成群的海鸥,无畏而亲人,开始紧紧跟着船只盘旋,时而潜水,时而和同伴争抢从船上餐厅扔出来的残羹剩饭。这里的海鸥与被我们抛在身后的新大陆的同类们有着截然不同的性情和行事风格。它们是如此的无畏和不知疲倦,从破晓到黄昏,一只追随着船只,并且在你倚靠在船舷上的时候,它们是如此的接近,近乎能从你手上抢走食物。它们是天空中的一个标志,倾诉着这个我们正在接近的这个饥肠辘辘和人口众多的国家的往事。这是欧洲派出的来会见的先遣军。你正在接近一个充满了生命的国度的海滨,这儿的物种确实不够丰富,但是数量却很庞大,不仅如此,各种飞禽走兽远比美国的更加专横野蛮,与人类联系更加密切,与人类争夺大地的果实,学习人的方式,足智多谋,开枝散叶,顽强坚韧。不会被轻易的阻挡或是驱逐。事实上,也就是有着更强的繁殖力和坚持不懈的特色。这是准确无误的,迟早会震惊在英国的美国人。这里的大自然仿佛充满了原始的活力,对我们而言将是一次全新的体验。这是旧大陆没错,但是这些刚毅而勇敢的物种又似乎是新大陆才有的。

新英格兰人看到自己的土地上出生率迅速下降,认为这是个可怕的征兆,预示着家族后代的血脉正在收缩,就像是处于旱季的河流一样,他们担心种族无法延续。但是在英国的土地上看到的一切会宽慰他们。看看我们丰饶的自然母亲!新大陆比较古老的一些地区发生的干旱似.乎没有对这里的生命之源造成一点影响。它们显然还如三个世纪以前一样多产,永无穷尽。也许艾默生的四行诗的后半部分恰如其分的形容了英国:

"没有数字将我计数,

没有部落充满我的房屋,

坐在波光潋滟的生命泉边,

我默默将洪流倾注。"

人们的确如洪水一般淹没了整个大陆。美国某个面积较大的州,人口将近三千万,可是谁能说我们已经达到极限了呢?一切都在证明这还是一个处在青春期的种族,一个新的王国将要崛起。充沛的精力,粗壮的四肢,突出的牙齿,强健的胃口,发达的肌肉;妇女们健康的身体,对人权的笃定,成群的孩子和年轻人,对健身和户外运动的热爱,对刺激和冒险的追求;因为充足的食物和睡眠而显

Part 9　英国的沃土

得精神饱满、充满活力,连同他们的兽性和愚钝,一切的一切,都在告诉整个世界,这个种族还没打算放慢速度,收起风帆。整片大陆和它的人民都没有显出筋疲力尽的样子,而是展示了一个崭新王国的活力和丰饶。他们看上去像是刚刚踏上了一片未开垦的处女地,拥有先驱者的顽强意志,家族如同早期开拓边疆的人们那样迅速繁衍。在这里请允许我引用泰纳的一段话:

"不论贫富,几乎每个英国人都有很多孩子。女王有九个孩子,是个很好的范本。让我们看看那些我们所熟悉的家族:勋爵——六个孩子,侯爵——十二个,N爵士——九个,S先生——一个法官,二十四个孩子,二十二个在世,牧师——五个,六个,甚至十个十二个。"

因此人口普查的数据一直在增加。整个土地,乡镇,城市在这风起雨涌的时代就如一个大蜂房,更确切地说,像一个蜂后和众多蜂巢!若不是蜂拥地向空旷的美洲、非洲和澳大利亚移民,人们将会彼此践踏或窒息而死。苏格兰或者英格兰的一座城市,比起我们的城市,则是一个双倍大的或是说是一个叠加的城市,有着两倍的内部空间,有数不清的死胡同和巷陌,人们像苍蝇一样进进出出。每一座村庄都有小巷,道路连着道路,纵横交错,身份比较低微的人便居于其中。其中一部分人,带着他们民族的美德,走出拥挤的村庄,涌向世界各地。步行穿过爱丁堡比较古老的城区,我不知怎的就想起了在美国见过的崖燕。它们在农夫的仓库屋檐下筑巢,几乎占领了每一寸的空间，房屋拥挤彼此重叠，没有一丝缝隙，每一个有利的位置都被占据，那些悬空的床和摇篮层层排列，这种奇怪的建筑风格和富有独创性的结构无一不是为适应环境而做出的努力。在伦敦和爱丁堡也有密密麻麻的街道，巨大的高架桥将一部分人载到另一部分人的头顶。他们甚至利用高山和洼地来增加他们的生存空间。

　　一日，我在漫步中穿过高地上的特罗萨克斯国家公园，偶然碰到的十几个相邻的蚁丘吸引了我的注意。它们和这个国家有一些相似之处。面积不大，看起来比一个配克（英制重量单位，约合2加仑）量杯大不了多少，但是在此之前我从未见过这样稠密和朝气蓬勃的蚁群。里面居住着成百上千只蚂蚁，方圆几码之内的地面上都是它们活动时发出的沙沙声。我了解家乡的蚁丘，并仔细地做过记录，有的大小可以装下一整个马车车厢。但是比起这些，它们像是空置的楼房，像是只驻扎了一个连队的堡垒，这里却是一个军团。这些蚁丘在路边的灌木中，它们中每一个都辐射出五条道路，像轮胎上的辐条。这些道路的痕迹十分显眼，原本长在那里的草和叶子都被迫倒向两边。每条路上都有两队蚂蚁———一队外出寻找补给，而另一队已经获得战利品胜利归来：蠕虫、苍蝇、各种昆虫——源源不断地运送至"国会大厦"。如果这些拿着战利品的蚂蚁被卡在洞口，经过的蚂蚁都会伸出援手。两条大道中间的地面，各个方向上都爬满了忙忙碌碌寻找猎物的蚂蚁。几码之外道路尽头的地面上也是如此。如果我在一个地方站着不动，蚂蚁们就会爬上我的鞋子，甚至是我的腿。打掉的话只会惊动它们，整个营地的蚂蚁都会被激怒。所以我只能被迫撤退了。我看到一只大步前进的甲虫，便把它抓起来放在了蚂蚁的营地之上，蚂蚁像群狼攻击大象一般攻击着甲虫，它们紧抓着它的腿，爬上它的后背，还有的从正面攻击。当甲虫快速地冲向土堆一侧，打算突破重围的时候，那些抓着它的腿的蚂蚁又被其他同类牢牢抓住，直到它的每一条腿上都有四到五只蚂蚁。这只愤怒的甲虫冲出土堆，在树叶下匍匐前进，一心想甩掉死死缠住它的敌人，最后它把自己埋进土里才得以逃脱。然后我又抓了一只在这里十分常见的只有我拇指大小的黑色鼻涕虫，放在了蚁巢之上。蚁群立刻蜂拥而上，张口就咬。鼻涕虫瞬间就明白了自己的处境，但是要对付这些蚂蚁，它也不是一点办法都没有。像刚刚那只甲虫一样逃走？显然不可能。但是它有一个秘密武器——它开始分泌出一种浓稠的白色液体，每一个接触到的蚂蚁都被黏住手脚，瞬间动弹不得。当它的身体表面积累了足够多的粘液，它便左右蠕动了几下，脱掉这层黏糊糊的"外套"，一下子又有成百上千的敌人遭了殃。以前还从没有蚂蚁的军队或是人类的军队陷入这地狱般的沼泽。又一个蚂蚁的小方队冲了上来，试图以数量取胜，其中的大部分都和先前的同伴一样陷进了"泥沼"，但有一些成功的爬上了鼻涕虫的后背。鼻涕虫又开始准备第二波的粘液了。这个小家伙缩了缩身体，然后开始投入战斗。不论蚂蚁进攻的速度有多快都会悉数被它解决掉。它将粘液愤怒地喷洒在无助的蚂蚁身上，直到它的身体表面形成了一个混着粘液和蚂蚁的坚固盔甲。新一拨的蚂蚁张大嘴巴冲上来，结果就只能在粘液中一直保持着这样的姿势。我在那里逗留的一个多小时，想看个究竟，但不得不在分出胜负之前离开了。我猜最后是蚂蚁大军获得胜利了，鼻涕虫已经快要用光它的弹药了。要挡住任何一面的进攻都越来越力不从心，但是蚂蚁有用不完的补给，并且能用之前陷进去的队友的身体建桥，但是它们最终是怎样将自己和巨大的鼻涕虫从粘液里拽出来的，我倒是很好奇。

但是这场争斗都不如这些蚂蚁的数量和活跃给我的印象深刻，还有它们如海盗般攻击和掠夺的倾向。在我到达伦敦之后，我还禁不住想起那些在北方看到过的蚁穴。而伦敦是我目前为止看到的最大的蚁穴。看看那些巨龙般的铁路，延伸到世界的各个方向；看看那芸芸众生，在街上摩肩接踵，在所有乡村中进进出出；看看那地下的隧道和地上的高架桥，看看那活跃的市集，整个大地都是"昆虫"的角逐场，发生沙沙的细碎响声。伦敦就像是一个庞大的人类集合体，如果一个人由此联想到昆虫，他是可以被原谅的。男人和女人都变得渺小而卑微，好像是绿头苍蝇的卵孵化成了人。流动的人群像是没有尽头的河流，街道是河岸。河水漫过河岸，几乎分辨不出个体，只看见黑色的潮水。每个人都在其中丧失自我，成为一个无关紧要的蝼蚁。人们走过走廊和通道进入地铁，像被大海裹挟而走的一滴水。我常常去乡下做短途旅行，想要在圣保罗寻得一处隐秘的角落独处一段时间。但是要找到这样的地方，你必须走得快一些，不然伦敦就会追赶上你。当我终于以为某一段路只属于我一个人的时候，一队伦敦的自行车手又在我身后悄悄接近，像幽灵一样与我擦肩而过。整个大陆都受到伦敦的影响，无论在哪里都能感受到这个大城市的吸力。它像飓风，把所有的涌流吸向它的方向。看起来好像每一座城市和乡镇都在偏离它们的泊位，漂向伦敦。你会发现越小的城市融合的越快。伦敦这座城市就像身体内的恶性肿瘤，一旦进入一个器官就会迅速蔓延到另一个。但它并不是恶性的。相反，它同地球上任何一个城市一样，正常且合法。这是一个富饶的大陆加上一个多产坚强的人种共同作用的结果。比起我见过的所有城市，这看起来与贸易和商业的关系不大，而更大的原因是出于对家庭的热爱和创造家庭的本能。我能够感觉到它的吸引力。每一寸空气中都弥漫着人的气息。所有这些庞大的建筑，以及交通都有家的味道，如同家庭琐事一般。有一次我从西北角的汉普斯特荒野的边界上，从海洛特公墓看到了这个城市的全貌。它静静地躺在泰晤士河的河谷内，像一个巨大的村庄，一个容纳了将近四百万人口的村庄。这里的人们生活甜美富足，依然保持着淳朴的民风和节俭的习惯。我看见他们那巨大的公园和游乐场，看见在明媚的周末人们在泰晤士河上游进行着划船比赛，看见他们在所有的乡村附近郊游。的确，到了夏天，一种社交的甚至是节日的喜庆氛围就会将这里完全笼罩。当然，也有很多贫穷和不幸，太多了，但是通通都被塞进了洞穴和角落。

2

多产的民族,富饶的自然,都挤在了这个岛上。而气候也像被延长了的五月,万物都显示出春天的活力和生机。生活有序而圆满。创造新生命是很简单的一件事,草木繁茂丰盛,动物栖息繁衍。所有生命体的血液中都流淌着海盐,海水也给这片大地带来了阳刚之气。热带和寒带气候的结合,使得大自然一方面果实累累,一方面生机勃勃。

还有一位国宝级的诗人:莎士比亚。他将富饶的大陆,富有活力的人民在文学和艺术中完美再现。也许看到他身后的土地和历史,就能明白他伟大的成就源自何处了。他的诗歌一方面是节制的,一方面是放荡不羁的。

丰富的人口资源反映出一条普遍规律:生命在比较低级的形态下同样丰富,同样奋发和顽强。自然主义者认为欧洲广泛分布的物种出现的时间要晚于南半球和美国。因此,根据达尔文定律,应该更加丰富、更加强势。事实也确实如此。任何称职的观察者都无法忽视这一点。如果欧洲的动植物拿来与美国的竞争,后者多半会败下阵来,澳大利亚的本地物种也会是同样的命运。或者我们应该说,本地物种在文明到来之前,在森林土地被剥夺之前,在欧洲物种到来并取代之前就已经落荒而逃。事实也证明了,比起本地的物种,来自欧洲的物种有某些更加突出的特征:它们在面对困难和障碍时

Part 9　英国的沃土

更坚韧，竭尽全力，更懂得变通和适应环境，在其他物种消亡的地方欣欣向荣，在其他物种倒下的地方继续攀登，在其他物种腐烂的地方繁衍生息。就像野草，就算你掐断了它的幼苗，也还会从根部长出新芽。近乎所有从旧大陆来到这里的物种都做好了战斗和争夺的准备。欧洲或旧大陆的人，旧大陆的动物，旧大陆的草和谷物、杂草和害虫，都占据着整个大陆，当地的物种都要在它们面前让步。贪婪、勤勉、成群结队的蜜蜂不在此列。说起英国麻雀，我们都会痛心疾首，因为它们在大陆上已经俨然成为一种灾祸般的害虫。我们这里的那些让人头疼的野草都是来自于欧洲，新物种的到来就如星星之火，以燎原之势迅速扩散。如若不是我们引进了欧洲的猫，欧洲的老鼠就要把我们生吞活剥了。在一些像法国和德国这样古老而人口稠密的国家，野狼不仅仅是"安营扎寨"那么简单。在法国，近几年因为数量增长过快以至于法国政府为悬赏它们的皮毛愿意提供更多的奖金。我们美国的野狼，在人烟稀少的东部和中部各州最近一次被听到或看到又是在什么时候？它们像海狸一样几乎彻底消失了。事实上，在美国，一些野生生物也正在慢慢地回归到这片土地上。至少植物体现了这种趋势，动物应该也是如此。烟囱雨燕放弃了空心树而去了烟囱中建巢，岩燕放弃了悬崖峭壁而选择了仓库的房檐，松鼠也可以在田间地头生活，诸如此类。在我所居住的地方，出现在建筑周围的本地老鼠的数量比之前要多。在这个国家较为古老的聚居区，鼯鼠常常在房屋里繁衍，野狼也没有像在东部那样轻易的消失不见。在一些三十年没有见过黑熊的地方也开始出现了它们的踪迹。

我注意到英国的很多动物和鸟类的特质都是由于种群内部的激烈竞争以及与人类相处带来的结果。因此，鹧鸪不仅伪装它的巢穴，还会小心地整理周围的草丛，以掩饰它们进出的踪迹。田鼠会在地底的洞穴中储藏食物，并从内部封住洞口。山鹬被惊扰的时候，会把幼鸟夹在双腿之间带走，然后在飞回来把其他的幼鸟一个一个接走。海鸥在田地里偷食粮食，野鸭会进食燕麦，乌鸦会拔起新种植的土豆芽，松鸡、鹧鸪、鸽子、田鸫等等都会偷袭萝卜地，鹰常常会从猎人的枪口下抢走受伤的猎物，乌鸦栖息于房屋的烟囱顶端，在东部鹳鸟会在城市之中的屋顶筑巢。苏格兰的老鼠会跟随鸟类和山地居民去海边捕食鲱鱼，并在捕捞季结束时自动解散。金鹰也继续在山中繁衍，并在每一颗蛋上放置一几尼钱币作为奖励。兔子的数量仍然要靠猎网和雪貂来缩减。诸如松鸡、鹧鸪、鸭鹅之类的野味，一如既往的在猎人的视线内成群地飞过，而据说在乡下被乌鸦吃掉的鸟要远比死在整个王国的枪口之下的要多。

大多数的野鸟在孵化小鸟的时候，都会允许人们抚摸它们。狐狸会经常在隐蔽的排水沟或者农场建筑物边的棚架下面度过一天。那些很多年前从我们的溪流中消失的水獭，尽管在很多时候都会被捕杀，但仍然在苏格兰生龙活虎。一只母水獭会勇敢面对想要抢夺它幼崽的人类。

Part 9　英国的沃土

托马斯·爱德华，一位在亚伯丁郡补鞋出身的自然学家，讲述了很多在他在夜间探索的时候，与臭鼬、鼬鼠、獾、猫头鹰和老鼠的奇遇，这些生物都展现出了惊人的胆量。曾有一次，一直鼬鼠竟然攻击了他，还有一次，有一只臭鼬也多次试图在他睡觉的时候，从他的外衣口袋中叼走黑水鸡。另一次是他在打盹儿的时候，一只猫头鹰抢走了他本来要带回家的活老鼠，而那只老鼠是被他拴在背心上的。他还说曾有一次他把他的手杖放入了一只刚从洞穴中醒来的狐狸嘴中，而狐狸却直接从他手里叼走了手杖。有一次他从悬崖上往下走，将两只狐狸逼到了岩架上，它们冲着他咆哮并且凶狠地露出了牙齿，当他准备踢走它们的时候，这两只野兽竟然死死地挡住了他的去路。在苏格兰的海岸上，你会发现乌鸦通过将贝类带到高空，然后狠狠地抛下摔在岩石上，将贝壳砸开。它们与南非的一种鸟一样聪明，它们在迁徙的蝗虫群中飞行，用它们的尖喙剥去蝗虫的翅膀，让它们掉落在地上，然后从容地进食。在苏格兰高地，猎鹰以野兔和小羊羔为食。而当牧民猎杀猎鹰之后，野兔的数量急剧增加从而吃光了牧草，羊群又要遭受灾难。

描写苏格兰海岸上的鲱鱼捕捞场景的最具特色的文章，出自查理斯·圣·约翰在《马里的自然历史与娱乐活动》一书。浅滩之上涌现出数以万计的鲱鱼，而天空中更是有成百上千的鸟儿捕食，深水之中更是有天敌的追击。大马哈鱼和狗鲨从他们身下捕食，海鸥、鲣鸟、鸬鹚、塘鹅，从他们上面猎食，与此同时，渔民们大量的船队更是捞起不计其数的鲱鱼。鸟儿们尖叫着潜入水中，人们呼喊着拉网，海面上漂浮着受伤和破碎的鱼，整个海滨散发出内脏腐烂的气味，这也吸引了大量的飞禽和寄生虫。总而言之，整个场面看起来是彻头彻尾的欧洲景象。并且到目前为止鲱鱼的供给还没有枯竭，并且在浅滩注入湖泊的时候，水中还有数不清的鱼。

在苏格兰和英格兰，我观察到的一个最重要的情况是鸟巢中鸟蛋的数量。我在那里看到的第一个鸟巢是草地鹨的巢穴，其中有六颗蛋。第二个是柳莺的巢，里面有七颗。难道就连欧洲的鸟类也和那里的人类一样比美国要多产？答案显而易见是肯定的。我观察到的鸟巢并不是例外，一个男孩告诉我他知道有一处鹪鹩的巢穴中有二十六颗蛋的时候，我也是半信半疑的。英国的普通鹪鹩，与美国的冬鹪鹩并无差异，但一般都要产超过二十颗的蛋，而美国的只会产下五六个。大山雀会产六到九颗，蓝山雀产六到十八颗，蚁䴕常常多达数十颗，五子雀七颗，褐旋木雀九颗，金冠鹪鹩八颗，知更鸟七颗，霸鹟八颗。这个国家几乎所有的鸟类都要比其他地方的同类产的蛋要多很多。美国的鸟类最多可以产五颗，有些鹪鹩和山雀倒也会产六颗，或者更多，但是普通鸟类的巢中大多只有三到四颗。但是美国的鹌鹑比欧洲的同类产的多，褐雨燕就更多了。

此外这些温暖而结实的鸟巢很好的保护了这些鸟蛋。我之前提到过的柳莺的巢穴，就是一个茅草屋，还用羽毛铺上了软垫。它们的巢在地面上，是一种圆顶状，像田鼠的洞穴，入口在侧面。英国

Part 9 英国的沃土

鸟类中数量最多最普通的鸟要数花鸡，它们在山楂树之中建巢，而巢穴更是巧夺天工般的紧实和整洁。而它们的建筑材料则是上好的苔藓和羊毛。而巧妇鸟能产下十二颗甚至更多的蛋，它的巢穴更是展现了艺术之美，这样的巧妙在自然界中也是极为少见的。那些我见过的巧妇鸟巢都建在路边陡峭堤岸上的树根之间。你会看到一团上好的苔藓被放置在不规则的树根的骨架之中，中间开一个圆洞。在手指能够到的地方，都是柔软舒适，细心布置过的。如果能够从树根中完整移出，就会看到一个完整的鸟巢镶嵌在一团苔藓中央。

相比而言，美国的鸟巢面对的威胁更多：来自松鼠、蛇、乌鸦、猫头鹰和鼬鼠等等的威胁，还有疾风骤雨——不难理解为什么英国鸟类要比我们人丁兴旺了。几乎每一棵树上都有花鸡，每一寸土地之上都有椋鸟和白嘴鸦。如若有充足的空间给椋鸟筑巢，那么它们的数量将会更多，但是每一片可以用的土地都已经被占用，墙上的每一个洞，又或是那些塔、树木、树桩。那些农业建筑附近的壁龛，那些老教堂附近狰狞的石像的咽喉中，每座古塔和城堡的裂缝，每个喷泉的出水口和每一处排水沟都已经被占领。

古老城堡的废墟是很多物种的避风港，最常见的就是麻雀、椋鸟、白鸽和燕子。罗切斯特城堡的主塔已经被完好地保存下来，业已成为一个巨大的鸽子窝。这里的女管事告诉我里面住着至少六百只鸽子。当它们飞起来在四周盘旋，整个天空都是白色的。有时它们被捕杀，拿到市场出售。在日落之时，鸽子回巢休息的时候，雨燕出来寻找可以栖息的裂缝。片刻之后的天空又会被它们染成黑色。

让我们再看看白嘴鸦，它们像小鸡一样跟在农夫身后，刨食地上的虫子。广义上来说，它们确实是一种黑色的农场家禽。白嘴鸦幼鸟被认为是一种上好的美食。在童谣中所唱的，献给国王二十四个黑色小鸟做成的馅饼，那黑色的小鸟很有可能指的就是白嘴鸦的雏鸟。白嘴鸦馅饼是这个国家特有的美味佳肴，但是如果继续大规模地屠杀幼鸟，这个物种在几年后便会灭绝。因为它们不像人类可以移居别处，所以又不得不像对待野兔一样控制它们的数量。我隐约听说，当地人除了白嘴鸦馅饼以外不吃其他馅饼，但直到看到它们射杀白嘴鸦幼鸟并运送到市场的情形，我才对真实的情况有所了解。在果园里和遮荫树上的白嘴鸦也许会是一笔财富。幼鸟在刚刚会飞之前就被猎杀，又或是在它们奋不顾身地试图飞行而掉落树下的时候。我在杜恩河畔见到过他们猎杀白嘴鸦的场景。一座位于高处的古老教堂周围长满了树木，那些白嘴鸦模仿美国的野鸽在这里筑起了巢。一位手持来复枪的年轻人不费吹灰之力就可以为猎场管理人射下一群白嘴鸦。这里的巢穴不足一百个，有人告诉我在这个季节这里已经有三百六十只幼鸟被射杀。在人们开火的时候，小鸟的父母就会在高空盘旋，不断发出痛苦的哀嚎。显然，他它没打算把巢穴建的更隐蔽一些，它们把巢穴暴露在了枝头，很多个紧紧地连在一起，像周围的枝条一样稠密。年复一年，雏鸟被杀害，但是白嘴鸦没有绝迹，而成年鸟也没有因此而气馁。需要说明的是，尽管它们与美国的乌鸦外表及其相像,但它们不以进食腐肉为生。它们依靠在田野里掘食生存。人们也不会把它当作不洁之鸟。英国的嘴乌鸦是很稀少的品种,那是一种强壮,凶猛的禽类,有时甚至能攻击并且杀死羊羔和野兔。

  鸟类的这种繁荣同样适用于兔子,以及其他所有的小型动物。英国的野兔一年繁殖七次,并且每次至少产下八只小兔。而就我观察而言,我们美国的兔子每年繁殖不超过两次,每次产下三到四个幼崽。据说西方的灰兔一年产三到四窝幼崽,每窝有四到六只。据估算英格兰的一对兔子在四年过程中会繁殖一百二十五万只幼崽。如果一个季度内任其发展的话,很快就吃光牧草,令农场主叫苦不迭。在汉密尔顿公爵的园林中有数不清的野兔,我想一个人闭上眼随便开一枪也会打中一两只。在我前进的时候,它们就在我旁边左右跳跃,像被风吹起的落叶。它们那毛茸茸的尾巴不断在眼前闪现,比美国夏夜的萤火虫的光亮还要密集。在苏格兰高地——这里有不少耕地——以及我拜访过的苏格兰和英格兰的很多地方,野兔的数量比美国山毛榉林中的花栗鼠还要多。出售这些猎物的收入在一些地方是非常重要的一项收入。纵贯全岛,被宰杀的野兔不计其数,人们用枪射杀它们,利用白鼬搜寻,用猎网、陷阱捕获它们。它们是偷猎者的主要目标,但是但岛上仍然不乏它们的身影。除了几百万张的兔皮,大英帝国每年要使用三千万张动物皮毛。皮毛被用来填充床褥,同样也被用来制成纱线和棉布。

科罗拉多甲虫是我们特有的，但它展示出了很多欧洲动植物的特点。多产，在任何环境下都能生存，但是除非它们能跨越大西洋，在另一面安家落户，我们才能说它们体现了全部的欧洲品质。

美国还有几种可以超过英国的生物。我在英格兰的时候，没有听过青蛙或是蟾蜍的叫声。那里的沼泽地十分安静，他们的夏夜是静悄悄的。我不禁想起美国那沼泽地里的大合唱：雨蛙那银铃般微弱的叫声，暮光中蟾蜍那悠长的"咕……咕……"声，还有池塘青蛙发出的快活的男低音。他们的昆虫世界也远不如我们。没有草蜢演奏小提琴，没有树蟋蟀的咕噜咕噜的叫声，没有蝈蝈的刮擦声，没有蝉的嗡嗡声。草地、果园，白天黑夜我都从未听到这些美妙的声音。从夏日里黄昏时分优雅地演奏乐器的袖珍表演家，到叫声尖锐刺耳的秋蝉，我们的昆虫演奏家都可以组建一个管弦乐队了。一位游历过我们国家的英国青年告诉我，我们这里的大自然是全世界最热闹的。英国仲夏的大自然则是另一种极端的寂静。除了某些地方白嘴鸦发出"叮叮咚咚"的声音之外，没有一点声响能够打破这漫长的黄昏。英国的大黄蜂是身材短小、毛茸茸的家伙，与美国的蜜蜂有着同样圆润而温柔的嗡嗡声，除了更能抵御寒冷和潮湿之外（我有一次看到它们在日落之后还是十分活跃，而当时的我裹着大衣还冻得瑟瑟发抖。）习性也如出一辙。它们还会像兔子一样打洞，美国的品种不会。一天，我坐在森林里，一只大黄蜂落在了我附近的地面上，它先是刨走了表面的绿霉，然后开始手脚并用地挖它的

Part 9　英国的沃土

地道——这可真是英国人的做派——自己挖洞。

就松鼠而言，我们也一样远超英国。我相信，在我房子周围半英里之内的红松鼠都要比英国任何一个郡县要多，更不用说灰松鼠、鼯鼠和金花鼠了。我在英国的森林和小树林里闲逛的时候只看到了两只松鼠。比美国的体型更大更长，有更柔软的毛皮，并且不像他们的美国同类那样暗中偷笑，上串下跳，一副装腔作势的样子。但是英格兰是蜗牛的天堂，到处都是蜗牛爬过的痕迹。我在一棵树的树干上就发现了十二只。我看到它们像熟透的水果一样挂在灌木和树篱上。有一位女士向我抱怨，说蜗牛潜入她的厨房，晚上到处爬，白天就躲起来。她用尽一切办法想摆脱它们也没用。画眉会捕食蜗牛，把它们的硬壳在石头上摔碎。据说蜗牛有时会在晚上吞食植物的幼苗，所以它们曾一度被认为是园林中的害虫。你们什么时候见过美国的蜗牛吃这吃那了，除了，也许偶尔吃个草莓？在英国，鸟类或是其他一些生物以这种黑色的蜗牛为食。如果真是这样，那它们永远都不会饿肚子了，因为连山顶上都看得见蜗牛。

英国资源的丰富性不仅体现在动物身上，也体现在植物身上。让我特别震惊的不是野花的多样性，而是它们的数量和广泛的分布。牛眼雏菊和金凤花是欧洲植物中比较有代表性的例子。毛地黄、虞美人、虎尾草、风信子、报春花，各个品种的野豌豆，以及其他各种各样的植物，几乎同样繁茂。忘忧草十分普遍，小雏菊几乎和野草一样随处可见。的确，正如我在另一章中描述的，几乎英国全境的野花都像美国的麒麟草和紫苑一样郁郁葱葱、枝繁叶茂的。它们显得既不害羞，也不狂野。大自然也不会亏待它们，在它们的每一次生长中都注入新鲜的血液。一些稀少且精致的植物，像我们的藤地莓，某些品种的兰花和紫罗兰，都躲藏在树林中，它们对生长环境十分挑剔，分布区域十分有限。在英国找不到可以与之比肩的品种。这座岛屿确实很小，但是内部井井有条，并且全岛的气候和土壤都极其的温和而均匀。这里的原野，森林以及溪流已经存在了很久，一切都保持着大自然的平衡。每一个生物都能寻得一席之地，每一株植物都能找到归属。再也不需要新的尝试和冒险，万物已经尘埃落定。这一种稳定的力量和充实的状态，让另一个半球的看客们赞叹不已。

Part 10

周日，切尼路

卡莱尔

1

我在伦敦的时候，挑了一个明媚的周末午后去拜访切尔西，沿着切尼路，前去瞻仰卡莱尔的故居。在这座房子里，卡莱尔差不多度过了一生中的五十年漫长时光，并且在此逝去。我在这里来回地踱着步。十一年前我曾来过这里，但那是一个漆黑的雨夜，记不清当时的房屋和街道的样子。现在看来，这里比我预想的还要简陋破败，一点也看不出这里曾是那个时代一流的文学作家的住所，更像是一些缺乏生计的平民百姓住的地方。人们可能会认为，像卡莱尔这样的人物长期居住过的房子，周围几英亩内的房产都会因此升值，显贵和天才人物也会聚集于此。其实不然，卡莱尔的住宅被闲置，百叶窗紧紧地关闭，地下室窗外，砖砌的地面上有几滩黑色的水，看起来荒凉死寂。但是这间房屋本身，尽管已经有两百年的历史，但却没有丝毫衰败的迹象。无疑，在卡莱尔之前，它也目睹了很多其他家族的衰落。

我前一次来此拜访是在 1871 年的一个秋夜。那时卡莱尔七十六岁，妻子五年前就过世了，手头的工作已经做完，一个人的晚景凄凉而悲伤。我与康韦先生到达的时候，不巧他正在进行晚餐后的散步。似乎他大部分的散步或是骑行都安排在天黑以后，这也反映出他长久以来憔悴而忧郁的心境。不久他就出现了，身上裹着一件长长的灰色外套，几乎已拖到地面。他的问候虽像一位慈祥的祖父那样温柔而平静，也掩饰不了心中的无限忧思。我永远也不会忘记握住他宽大柔软的手掌时的感觉，也永远不会忘记他脸上显现出的悲伤和苦楚，苦楚中还夹杂着悲悯。他的眼中含着泪水，他头发干枯，坚硬的胡须已经变成灰白色，但黑色的面颊上有一抹浅浅的红润，如同他在那些粗糙的纸页上写下的诗篇一般。他的举止还透着一丝羞怯和拘谨，这与传闻中他野蛮无理的性格截然不同。他的头靠在手上，手指插进头发，手肘撑在桌子上，望向坐在对面的我的同伴，整个交谈中大部分时间都是我的同伴在说。我们相对而坐的两个小时里，他就一直保持着这样的姿态。他看起来是那么严肃而专注，说话间时不时发出的真诚的、自顾自的笑声也让人颇感意外，与其说是因为谈话幽默风趣，倒不如说是一种掩饰，就好比发表了犀利的言论过后，说一句："啊，天哪，又有什么关系呢！"如果这样的笑声也能放进他的《现代短论》中，或是出现在他后来的政治主张中，那这些言论也许就不会招致那么多的攻击。在我告诉他我们将英国的麻雀引进到美国时，他欢快地大笑起来。"引进！"

Part 10　周日，切尼路

他又说了一遍，又大笑起来。他说麻雀就是个"滑稽的小坏蛋"，担心我们恐怕会因此而后悔。他还引用了一个阿拉伯的谚语，说所罗门的神庙就是建在一万只喳喳叫的麻雀当中的，他幽默地说道，这些叽叽喳喳的麻雀，随时准备聚集在人类一切伟大建筑的周围，要用它们的叫声把建筑物震塌。他曾看到一只猫沿着篱墙之上慢慢地走过，与此同时，不远处一排端坐在屋脊上的麻雀，在猫的身后异口同声地大声指责，喋喋不休，但是猫径直地往前走，没有理会它们。大多数麻雀的裁定虽然出奇的一致，但也不总是有震慑力的。

最近在爱丁堡为斯考特竖起了一座纪念碑，他被邀请去参加典礼。但是他毫不犹豫就拒绝了。他说："就算天使加百利召唤我，我也不去。"现在为斯考特建造纪念碑还为时过早，一百年之后我们再看看人们会怎么看待他。卡莱尔从来没有见过斯考特，他与他距离最近的一次是作为信使给他送一封来自歌德的信件。他战战兢兢地敲开房门，而当被告知斯考特不在家的时候他如释重负。在那之后的不久，他在爱丁堡的街上匆匆见过一次。他看见一辆很多匹马拉着的马车驶过，车里面坐着很多人，中间那个像个大男孩一样又说又笑的便是斯考特了。卡莱尔最近刚从每年一次的苏格兰旅行中回来，正沉浸在对家乡充满伤感和柔情的回忆之中。每一处美好的事物都能唤起他心底忧伤的情绪。他说在某个北方城市中看到的妙龄少女和成群结队的年轻人都会让他充满悲伤，我想那是在亚伯丁。他内心有一种深深的乡愁，并随着年龄的增长而加深——自始至终，他都是一个孤独的、不断在失去的人。

　　那个夏天的星期天，当我漫步在切尼路上的时候，我的目光一再的被那个通向简陋大门的三级石阶吸引，每一级台阶都被人们的脚步磨出了凹痕，中间的那个可能受力最多、磨损的最严重——数以百计的名人在此踏过，还有数不清的无名之辈。本世纪美国和英格兰几乎所有的文学家都曾踏过这些台阶。艾默生也在这里留下了足迹，假如一个人可以看见的话，一次是在他风华正茂的时候，一次是在他年老之时。比起其他的拜访者，我常常想起艾默生，还有他位于康科德松树下新建的坟墓——那个夏日的午后，我在此驻足沉思。"我们又被命运赶到一处了！"卡莱尔说。他站在妻子身后，手里拿着一盏灯。那是三十七年前的一个十月的夜晚，他的妻子简为艾默生打开了房门。他们之间的友谊，两个男人之间的深厚情谊，在他们公开出版的通信中体现地淋漓尽致，这是英国文学史上一段最美的插曲。写信是艾默生首先发起的，但是年复一年，这些朴素纯真的话语越来越成为了卡莱尔的一种慰藉。而他对于艾默生感情的索求也与日俱增，近乎到了一种可悲的地步。那个新英格兰人——艾默生——跟他一比显得冷静且收敛的多，而卡莱尔则感情丰富，更加情绪化。他比艾默生少了些许的自满，也不够坚忍，也更容易在尘世间感到孤独。艾默生在日常生活中是温和亲切的，而卡莱尔很多时候则是愤怒和责骂，虽然他的心中充满了怜悯和爱。他很可能是那个时代看起来最为野蛮，但其实内心最柔软、最宽宏大量的人了。他对人类充满了蔑视，但他却能以最深沉最强烈的方式爱着某些特定的人。请让我在这里做一个说明，卡莱尔的蔑视，也许初看起来是个绊脚石，但当你真正理解了他就会发现，这种蔑视其实是一种极致的真诚，是必然的结果，而从这蔑视的根基上生发出的是真正的谦卑。他无法控制这种蔑视，因为它是真实的、恰如其分的。然而其中绝没有敌意和怨恨，更多的是一种怜悯，源自于爱的怜悯。我们也知道，他一直被强烈的良知驱使，以绝对公正和个人价值作为检验的标准。没有爱和谦逊的蔑视将会培养出嘲讽、愚弄别人的个性，这些才是卡莱尔真正要痛心谴责的。"他承受的悲伤，难道不是等同于他的悲悯和才华的分量，还有那尚未取得的胜利？我们的悲伤是我们高贵的倒影，我们有多少绝望，就值得多少希望。"（克伦威尔）艾默生听到了许多应和之声，也触动和赢得了很多人心，但是卡莱尔被尊敬和被敬畏的成分也许多于被喜爱。事实上，他最需要也最看重的恰恰是爱。因此他将目光转向艾默生，这是他可以确信的人，也是那个时代里唯一一个可以靠近和感动他的人。他可以感受到艾默生的真诚和勇气，他半开玩笑地说，他也被艾默生心中一直闪耀着的对新世界的那份希望所吸引。

航行在海上的船，挂的帆越多，遭受狂风暴雨的打击就越大。卡莱尔携带着比艾默生更多的风帆，因此也必须面对和抗击更多的风浪：当代世界的一次伟大浪潮，一次民主运动，人民凭着实力奋勇前进。他丰富生动的语言，关切严肃的态度都令人印象深刻。

清新的原野 Fresh Fields

不管我们多么喜爱和尊敬艾默生，虽然他的贡献也是不可估量，特别是对一些有着敏锐思想的青年人影响深远，但也不能就因此否定卡莱尔的成就。我们的一位批评家斯特德曼先生最近发表言论，说艾默生"是远超卡莱尔的，就像人类灵魂和宇宙的范畴要远高于当代甚至是历史的范畴"。艾默生的确高于卡莱尔，处在稀薄、寒冷的空气里，但是这并不代表在思想的宽度和广度上就更胜一筹。他对这个世界的怜悯和抱怨远比卡莱尔要少。他没有背负那样的重担，也没有过那样的斗争。他的力量、速度、穿透力都远远不及卡莱尔。如果说艾默生是晴朗天空下漂浮在高空的一朵安静的云，卡莱尔就是一片阴沉的预示风雨来临的乌云。卡莱尔从没有像艾默生一样安静地向外追寻天空的蔚蓝，他总是向地面砸下风雨、雷电和冰雹。他达到了艾默生的高度，但没有停留在此纵情玩乐，也没有像艾默生一样偶尔迷失自己。他专注的方向在别处，他是狂风骤雨，从天上落到人间，关心大地上一切的真实和具体。1848年艾默生第二次去拜访他的时候，卡莱尔将他对自己的定论写在了日记中，虽然他本人惯用夸张，但即便考虑到这一点，也与上述的论断大体相同。他说艾默生与他是截然不同的，好比"一个是悠闲地躺在开满鲜花的河岸上的裸体主义者，另一个则是路过的疲惫的工人或是浑身伤痛的摔跤手"。

如果可以选择的话，大概所有人都会选择成为艾默生，他的命运和人生是多么罕见，多么平静、多么振奋人心、多么美好而幸运！

Part 10　周日，切尼路

但是在这两个朋友之间，我们一定会觉得卡莱尔所做的工作更独一无二、更困难、更有英雄主义的情怀。至于说是否更重要更有价值，现在下结论还为时过早。他是一个广义上的艺术家，一个熟练的混凝土工艺大师或者说是一个"塑造者"，从这个意义上来说，他比艾默生更加出众。能够形容艾默生的两个词语是真相和美，这两个词语在同一个平面上，从一端到达另一端是平滑的路，因此很容易。形容卡莱尔的两个词是真相和使命，在两个不同的平面上，连接二者的道路崎岖而艰难。因此需要经历痛苦、挣扎，需要具备非比寻常的力量。试着以理想的真相为标准去重塑真实世界的政治和人事，看看你是不是还能够保持平静。他必须建造一座桥梁来跨越二者之间的鸿沟。但是，在理想与现实的两岸，他已受尽折磨！所有做出的努力，所有取得的成绩，在他的作品中，都是独一无二的。"相比写作，他说的更多"，相比说，他做的更多。他在每一本著作中，都经历着一个实干家的痛苦和对抗。他的情绪和态度是一致的。他对一切抽象、理论、精致和语言本身都十分不耐烦。的确，卡莱尔本质上是个实干家，他自己似乎也认为，他走上了文学创作之路完全是命运的驱使。他如卢瑟和克伦威尔一般真实和认真，就连身上的缺点也和他们如出一辙。他不像艾默生那样对于一件事情仅仅满足于说，他必须着手去做。而精致的思维方式，不会把你引向"一条更加清晰的路，而是走向全新的深奥，一环套着一环，深度之下还有深度"。他对此不感兴趣。"我博学的朋友啊，如果出众的才智总是用在鸡毛蒜皮的小事上，而不是为前方的道路勒紧马匹的缰绳，做好充足的准备，那这样的才智在我看来都算不上是大智。"

艾默生不是一个会把精力浪费在鸡毛蒜皮上的人，但是他也不会去关心马匹的绳索是否结实。他说将我们的马车挂在星辰之上，无疑星辰会是一匹良驹，但是却需要一个天文学家来驯服它。这样的建议是没有实际意义的，除非它能够让我们明白，所有的力量，不论来自理论还是实践，对高尚勇敢的行为都是有益的。

对于艾默生变戏法一般卓越的遣词造句，卡莱尔是缺乏耐心的。确实，从文学的观点来看，这两位伟人之间的通信展示出的最有趣的一部分便是两个人不知不觉间，在各自的方法和作品中体现出的不同的价值观念。同时两个人又都想在对方身上得到认同。

艾默生想从卡莱尔那里听到艾默生式的警句，而卡莱尔则想从艾默生那里听到卡莱尔式的咆哮。每一个人都期待在对方身上看到自己的影子。一个人出于本能的召唤所做的事情——还有更有价值的事情要做吗？当然没有——但是对另一人来说呢？我们是如此确信地以自己的面目去塑造我们的朋友。卡莱尔希望艾默生更实际、更具体，简而言之就是更像他自己。"在这个泥泞的世界，即使是卑微可鄙的蟒蛇，在需要的时候，也会心甘情愿承受阳光的利剑，被烧红的拨火棍刺穿。"照我做的那样做，或是尝试着去做，这样我会更喜欢你。我们都知道，奥利弗·克伦威尔的尸骨腐败之后会在大自然中变成上好的肥料，种出一卡车的萝卜，但是我们更希望他活着，去创造更大的价值。"在你胸怀中澎湃的话语对你来说就是'行动'本身，是艺术的行动。你对我们再三强调人类灵魂的伟大，那就向我们展示吧！在实际行动中让我们看到这样伟大的灵魂。这才是最好的证明。也许用不了多久你会慢慢地发现这才是命运的召唤。我渴望看到具体的事件，人类的希望，美国的森林，或是任何一件作品——这些是我（艾默生）喜欢并称赞的——都被艾默生化，如艾默生所描述，用艾默生的思想重新塑造，以新生的姿态存在于世。"再比如："万物要浓缩，成为有形的实体，如果他们想得到我的怜悯。我也是实实在在的。秋风中飘荡的一片枯叶是对所有预言的嘲讽，甚至是希伯来人的预言。""唉，人在高处，在先验论的高度上是多么容易的就能毁掉自己。他看不见脚下的一切，只有喜马拉雅山顶常年的积雪。地球收缩成一颗遥远的恒星，靛蓝色的苍穹播撒着白日的繁星。对你我来说是多么地轻松自在，可是这条路通向哪里？我害怕空虚，害怕上面稀薄的空气让我的肺吃不消！"——类似的言论还有很多。

另一方面，明显艾默生也厌倦了卡莱尔啰里啰嗦的英雄主义。他更想他能简明扼要地说出主旨。他似乎在说，把你的英雄们都烧成灰吧，除掉气体和水，让我看看那一小撮余下的石灰和钢铁。他想要"语言的核心"。他赞扬克伦威尔和弗雷德里克，但却和他的朋友说："那本书不会是我的首选，换句话说，我想要看到的是剔除筛选后的结论，个人信念的精华，一本真理之书，只言片语的暗示，对人类过去和现在的深刻洞见中总结出的最终寓意。"

这就是艾默生最显著的特点，他永远索求世事的精华。他总是对创造性的虚构作品不屑一顾，他恨不得让这些在他眼前蒸发消失。给他事物的要旨，一针见血的总结。并且必须是一种具象的、比喻式的展现，寓于一种无实质的潜在的陈述中。他从莎士比亚的文章中获得养分，但是对他那不同寻常的特性却漠不关心。这不禁让人想起儿时的谜语：山下有座磨坊，磨坊里有个箱子，箱子里有个抽屉，抽屉里有个玻璃瓶，玻璃瓶里有一滴我无论如何不会交出去的水。艾默生也许就拥有这一滴水。省略所有的柜子、磨坊和所有的条条框框，只给他最核心的部分。但是一个创新而艺术性的思想是不允许事物被删减的，不希望整个宇宙仅仅沦为一个警句。卡莱尔希望拥有一个有血有肉的英雄，并且想让他踏踏实实地融入到这个真实的世界中去。

那些试图借卡莱尔卑微的出身大做文章的人也是离谱。一个自称叫"审判日"的怒气冲冲的女人这样评价他："他仅仅是个有着高超智力的乡下人罢了。"在我看来，卡莱尔比起任何他同时代的人都更不像一个乡下人，他完全没有乡下人的特点和气质，他像个君主一样专横。"看上去"，他在自己的一本书中这样写道，"一国之君和街头乞丐的面部表情都是冷漠的，前者是对兄弟情谊的冷漠，后者是对轻视的冷漠"。而乡下人的两个标志是麻木和卑微。他们是无聊而沉闷的，也不敢说他们的灵魂是自己所有。从来没有

Part 10　周日，切尼路

一个人可以像卡莱尔一样对达官显贵指手画脚，并让他们遵守规则。他不仅智商超群，并且他的性格，他的决心，他做人的标准都是高于常人的。他向英雄、勇气和个人价值鞠躬，从不向世俗和权贵低头。无疑他继承了勤恳的祖先身上的美德和品质。强有力的行动力和勤勉都驱使着他，他勤俭质朴和自我否定的习惯，都来自于家庭和族人的熏陶，但这些绝不是乡下人的性格，是一种英雄般的特质。在细腻和敏感之外，他性格中也有粗糙的一面，同样这也是全世界最优秀的人所共有的。如果不是这样，仅仅是抛光打磨过的文学作家，我们不会看到克伦威尔和弗雷德里克的功绩。他们的身上一定有同样的英雄主义特质，同样不可战胜的精神和意志。甚至是艾默生也不足以担当此任。他有足够优秀的品质和思想高度，但是他还不够粗俗，思想的广度还不够。卡莱尔学者气质的那部分作品总是逊色于男子气概的部分，后者正是作者本人原始的活力和强烈的个性的体现。他的本性无法被文学的外衣遮挡或掩盖，虽然受制于此，但是他那剽悍的安纳戴尔式性格常常会以最意想不到的方式突围出来。同时代的人很快就发现，他不仅是一个伟大的作家，同时也是一个伟大的人。他不仅仅只是会描绘蓝图而已，而是去为他们权衡利弊。他显然是一位艺术家，然而艺术或文学并不是他作品的根基所在，而是道德、人性、情感的推动力和吸引——这股力量来自正义、坦率、悲悯和爱。

对作品完美的追求，对真正的领袖风范的赞美，对使命的奋不顾身，对事物的把握能力，对纯粹简单的人的热爱，这是"佛雷德里克"也是"克伦威尔"创作的基石。这里没有莎士比亚的漠然处之，也没有阿诺德先生所要求的希腊式的思想灵活多变和科学性的公正。这是信奉和明辨，是来自十九世纪道德的偏见。但是它也是真实的，是创造性的技巧，是人和事物的再现，是可感知的理解和想象力。我所了解的所有人物历史之中，"佛雷德里克"是最真实最有生命力的。如果当下的小说有其一半的乐趣，我可能就不会读其他的题材了。他自画的肖像就像出自伦布兰特之手，他对战争和战场形势的分析如同拿破仑，或是佛雷德里克本人，对事件的筛选，从真相中剔除荒谬，如何对待科学一样耐心和勤勉。他的描写更是无人能及。他的作品作为一个整体，正如艾默生所言："是最后的审判日，因为他所述道德的标准就是对人和国家以及现代的社会体系的最后审判。"他对历史忠实的描绘，永不枯竭的诙谐和智慧，他诗歌的热情，他恰当的风格，还有他承载的人道和努力，他那英雄主义的吸引和振奋人心的道德评判，所有这些都让他的作品值得一读。卡莱尔所有的过往都会让人眼前一亮，正如法国人所说，总能敲打人的心扉。他的写作没有拘泥于形式和皮毛：他的《法国大革命》便是一次深度的剖析，一个横切面，更像是一个地质学家描绘的地图，而非地理学家。地下深处展现给世人，深渊的裂口，宇宙的力量和火焰喷涌而出，真实可见。正是这股力量使事物脱离本来的位置，重新投射于强烈耀眼的想象之光，让他的作品独一无二。他也许缺乏历史感，发展观,无法对真实的历史做出恰当的补充,但是他对人物和事件的理解是准确的,如肖像画一般还原了本来面目。无疑他是无可匹敌的。艾默生说:"他有犀利的眼睛和务实的手。"

那些对卡莱尔持有偏见的人只看到他的缺点,这是十分不明智的。几乎他所有优秀的品质都有阴暗面。他贴切的描述有时会变成漫画般的讽刺,他另辟蹊径会走向怪诞不经,他那些意味深长的谴责有时会变成谩骂,他命名的天分有时会变成粗暴的取绰号。艾默生说,他幽默的溪流会浮起看到的一切物体,但也不能完全摆脱他暴躁的坏脾气。几乎他的每一页作品上都沾染了这样的习气,有时他会开一个大玩笑,但这些都是无伤大雅的,为他的作品增添了几分趣味。他从来不会讥笑一些伟大的人和重要的事件,尽管笔墨浓重大胆,但那些俏皮和怪诞的话语只在文章的犄角旮旯。在《弗雷德里克》中,他用一双漫画大师的手刻画出了一些次要的人和事。他抓住了一些事物的特性,并加以放大和夸张,在所有场合都显得很突出。我们永远也不会忘记乔治二世的鱼眼和穿着吊带袜的腿;不会忘记斜靠在五月柱上的乔治一世的情妇;不会忘记沙皇臃肿的面颊;又或是被称作"最虚荣的晾衣架"的可怜的布鲁尔,因为他有十二个裁缝和三百六十五套服装;不会忘记"纵欲过度"的屋大维,他有三百五十四个私生子。读者们也不会忘记那本书中的"詹金斯的耳朵",这个被西班牙人从英国裁缝身上剪下来的一小块耳朵,在这里代表了一系列的历史事件。的确,这只血淋淋的耳朵隐隐浮现，直到成为那个时代十二宫的标志之一。他称呼法国军队为"法国太子妃",让人难以忘却,这是他讽刺历史事件最具代表性的风格。军队在斐迪南公爵到来之前便度过了莱茵河。"他们衣衫褴褛,混乱不堪,怀着深深的恐惧,绝望地四散奔逃,像是在玉米地里被獒犬追赶的家禽。渡过维希河,渡过埃姆斯河,终于渡过了莱茵河。每一片羽毛都还健在,它咯咯的叫声拖的很长,那几个月里,这宗近乎于尖厉的叫声回荡在整片旷野。"这便是卡莱尔怪诞风格的最好例子,达到了极致,甚至有一点过头。也许描写俄国女沙皇的这一部分有些过分,她煽动弗雷德里克的敌人奥地利人与他宣战:"一些谣言的狂轰乱炸,每一阵风都为她带来一些空洞的谣言,这个可怜兮兮的女沙皇见不得一点光。她懒惰,如果能避免的话,还不是最致命的缺点。她是一滩贪婪的油,源源不断的碱水倒进去,搅拌均匀,十年之后她就变成了肥皂和泡沫。"

卡莱尔差一点就成为了一个十足的恶棍。但在某些时候,他的确就是个非凡的恶棍。一位纯净而虔诚的拉伯雷。他能用所有人都想不到的贴切的绰号来诋毁和谴责罪恶,他是多么的善于言辞!他将咒骂的对象氧化、灼烧,放进那些由他的言辞组成的腐蚀剂中。他对诸如伏尔泰和佛雷德里克的同时代的人评价很低:他们"仅仅是蚱蜢而已,目光短浅的捕食者,为了生存而奔波,传播着一些道听途说的谣言,只能与谄媚和形式主义联系在一起,与长久毫无瓜葛,这两个人便是如此"。他不需要离家很远就能画出伏尔泰画像的轮廓:"就算在他心中光明的天使之间没有一个巨大的阴暗恶魔,也有一群贪婪的,蠢蠢欲动的小魔鬼,没有被铁链拴紧,住在里面。他的皮肤对于这些焦躁的恶魔来说太过纤薄!"

对于弗雷德里克的玩世不恭,他说:"除了理论,其他地方一尘不染。"他说维尔福家族的人"蛋白质一样简单",新闻工作者因为被形容为"密涅瓦的猫头鹰"而永远不会原谅他,而天主教信徒也一点不会喜欢他,他将那些修女带给病人的"慰问"比作"有毒的姜饼"。在《弗莱德里克》中读者会常常碰到诸如"小白脸""名册历史""沉重的管土一般的特性""关节僵硬的、袋鼠一般的虔诚"等等词汇。

还有一些人坚持认为卡莱尔是个哲学家或是秉承理念的人,无疑是忽略了卡莱尔的主旨。他没有哲学,也不依靠任何哲学主张,除了从德国形而上学者那里吸收来的一些观点偶尔出现在《旧衣新裁》一书中。他是当代正义的传教士,同时他又在揭露他的谎言和不敬,并且揭露的极其深刻,透入骨髓。他具有深刻洞察力的,痛苦的、预言式的声音,听起来也是悠扬而迷人的。这声音越过各种各样的喧哗而嘈杂的同时代人的嗡嗡声,作为一种原始的力量和道德信念直击人心!他是这个世界上最后一个浓缩成为一个体系的人,也是最后一个通过逻辑检验的人。你不妨试着用铁链拴住整个海洋。他的吸引力在于本能、想象和道德感。他的抽象理念也许不够完善,不能很好地运用抽象观念。当他尝试阐述他的哲学的时候,这些被弗鲁德叫做"精神闪光"的碎片，远未达到令人满意的程度。他对精益求精的追求确实让他获益不少，但是在纯粹的思想领域帮不上忙。他的思想依附在坚硬的混凝土上，是针对确切的人和事。这让他成为了一个艺术家，区别于那些神秘学家和哲学家。也因此艾默生会有这样的评价："他的字里行间流露出的个性比智慧要多。"换言之，吸引他的不是成为一个沉思冥想的哲学家，而是一种更强烈的动机，更坚定的意志力、道德感，所有个体人格中最有吸引力的部分，与真相和事实的激烈碰撞。

卡莱尔将一切都归功于他的意志力，并且对原则坚定不移地恪守。他绝不是一个幸运的人，也没有一大笔财富，也没有任何的大势让他利用，在任何境遇下都不会受到帮助和优待。他生来就是要对抗风浪，在他一生中，他对抗着种种被世人推崇的思想、信仰、趋势。他藐视和抨击他的时代和国家。从没有人像他这样对同时代的人有着如此无情的嘲笑蔑视。他的政治主张就像尤维纳利斯的讽刺诗集一样具有爆炸性。那个时代的观念和实践，不论在政治，宗教还是文学方面都是一片荆棘遍布之地，他很乐意点一把火全都烧掉，为一些更为高尚的作物清理出一片空地。他要用大火来净化这片土地，让土壤肥沃起来。他的观点极具警示和鞭策性。也因此每一个他向往的公共领域都将他拒之门外：大学讲师、社论编辑。所有人都反对他。辉格党恨他，托利党害怕他。他贫穷、骄傲、决不妥协、尖酸刻薄。他孤僻、脾气坏、沮丧，在恶龙和形形色色的魔

Part 10 周日，切尼路

鬼的围攻之下艰难前进。事实上他没有什么胜算，但是他成功了，并且是以一己之力获得成功。他征服了世界，征服了众生和魔鬼。但这从一开始就是一场无休止的斗争。整个青年和壮年时期他都在自我激励中度过，他的每一次自省都会让他再次鼓起勇气。在他写给支持者的信件中，在他的日记中，在他所有的沉思录中，他都不忘为自己的决心加油打气，让他的目的更为明确。他没有片刻的休息，时刻保持警惕，在"绝望中寻求希望"。他在1803年的日记中写道："哦，我不在乎贫穷，甚至也不在乎耻辱，名望这种东西一无是处。但最恐怖的事情是我停止了斗争的步伐，丢失了自己的力量，变成绝对的世俗和低劣。"一年后他写道："去吧，你这个笨蛋！嘲笑自己吧！愤怒吧！斗争吧！前进！前进！你的才华被束缚，像被套在了麻袋里！那就连同着麻袋一起！向前奔跑吧！不要光在那里生气！"卡莱尔不向自己妥协也不向其他人妥协。他不接受和平，无论遇到什么，他永远都是绝对道德和绝对正义的代言人。他有一次对约翰·斯特林说："为在天国里安逸的人悲哀。"他对这个世界严厉强硬的对抗从一开始到现在，从未松懈。他始终在待人处事方面有一手，又或者说，他的良心让他始终在与别人的关系中有出路。他对人们的要求绝不是出于自私的考虑，是为了达成心中的理想。杰弗里斯在看到他的态度和偏执的时候，对他丧失了信心。他认为他是把自己的脑袋往墙上撞，而再坚硬的脑袋，即便头破血流也不可能把墙撞倒。这不仅仅是固执，也不是骄傲，那是他心中良知与道德的雷鸣，是西奈山威严的声音，他不敢违背。

尽管常常有人把自私和利己的标签贴在他身上，但卡莱尔绝对不是一个自私自利的人。他是他自己卓越才智的受害者，其他人也受到牵连，但绝不是由于自私。无疑这位天才要比任何其他的现代人都更靠近苏格拉底的魔鬼。他从一开始就忍受着这个魔鬼的鞭笞和暴戾。他从歌德那里学会"舍得"，放弃和自我否定，这成为他人生的标语。魔鬼并不是简单的占据他的身体，而是控制和驱使着他。

圣·西门·斯泰莱特在赎罪柱之上屹立了三十年，人们同样控诉他的自私。他也是被魔鬼驱使的人，走在自我追寻的路上。但是他所追寻的不是安逸和享乐，也不是出于不值得的卑贱的目的。卡莱尔又何尝不是如此呢？每写一本书，都像是被钉在赎罪或是殉道的柱子上，千锤百炼，受尽苦难，与外面的世界完全隔绝开来，放弃他的快乐和奖赏，被深深的忧郁和痛苦层层包裹，与形形色色的真实或是想象中的魔鬼与阻碍斗争。在他完成最后一部伟大作品期间——他把自己关在房顶阁楼的书房里长达十三年，撰写弗雷德里克的传记——这样的与世隔绝、不间断的辛苦工作、夜以继日地痛苦的赎罪，只有宗教信徒才会自愿地强加于自己。

如果卡莱尔真的"难以相处"，如他母亲所言，也不是因为他的自私。借用艾默生早期的评价，他是这样一个男人："时刻燃烧着愤怒之火的性格。"他总是出于本能需要不断激励自己，他的身体内充满了快速运转的能量，在某一个关键点全力投掷出去。是愤怒狂热的个人特征,让他身边的同伴或邻居感到不太舒服,而不是低层次的自私所致。

据说他妻子也常常遭受同样的抱怨,她和卡莱尔有着同样"糟糕"的性格,是阴柔且女性化的版本。可惜她不像卡莱尔那样可以在文学创作中找到发泄的出口和慰藉。无疑这样的两个人在没有子女的情况下,一起生活了四十年,每一个人本身的个性都有增无减,多多少少会有一些摩擦。两个人的共同点是言语尖酸刻薄,机智灵敏,直言不讳,不眠不休,沉迷于吗啡和蓝色药丸(伟哥),外在看起来都神经紧张。妻子找不到与她的智慧相匹配的职业,他的丈夫则像大力神一样苦干,一边大声地咒骂。他们都嘲笑幸福,都把生活中小小的不幸夸大成痛心的悲剧,都天赋异禀,具有"超自然的感知力"。卡莱尔夫人差点被黄蜂的刺蛰死,卡莱尔先生总是因为公鸡的啼叫和狗吠心烦意乱。妻子暴躁,丈夫阴郁。他们一个刻薄,一个傲慢。这场婚姻更多的是因为钦慕而不是爱——不难预见,这样的一对夫妻婚后又能多幸福呢?我们又怎么能把全部的责任都算到丈夫的头上呢?虽然大多数人都是这样认为的。他们两个过于相像,这场婚姻不是两种不同性格的结合,因此无法互补。尽管两个人都忠诚于婚姻,但他们似乎从没像其他人一样从世间的婚姻中获得平静和安慰。他们都有极其优秀的品质——高贵、慷慨、勇气、仁慈——但是唯独缺少世人都有的"小小的优点"。两人都会在小小的麻烦面前失控,被无关紧要的琐事干扰——虫子、公鸡、驴子、街上的嘈杂。对于紧急事件和重要场合，他们的品质足以沉稳应对，这是毋庸置疑的。但是生活中每一件烦躁的小事都会让他们的心力交瘁。卡莱尔夫人常常从乡下回来之后就说"脑子里一片浆糊"，没有一点开心的记忆。卡莱尔这样评价他的夫人"算不上一个特别糟糕的女人。我跟她相处的不错，你要知道，这可不是每个人都能做到的"。这也是毋庸置疑的事实。弗鲁德以他的亲身经历总结说："他是豆腐心，而她则铁石心肠。"

如今我们已经开始慢慢了解卡莱尔的生活和学说的核心，即他对英雄和英雄品质的迫切追求。这是我们了解他的关键，也是他观点和著作的核心部分。他是个人力量的价值的榜样和媒介，并且他以摧枯拉朽之势将这样的思想渗透到眼下的政治主张和文学创作中。在旁人看来，他狂妄自负，唯我独尊。长久以来他任由贪婪和欲望支配，他追求强大的力量，独特的个性，对冲突和碰撞乐此不疲。这是他生命的激情（是全部激情的总和），他用英雄和英勇品质滋养他的灵魂，他毕生的创作也是为了寻求这些。如果在文学作品、社会、政治这些领域中看不到英雄主义的踪迹，那么对他来说就只是荒芜和徒劳。他是一个不需要理想的理想主义者。他需要的是一个人，一个充满激情实实在在的人。"在这个国家中"，他在1821年给他弟弟的信中写道，"我像个外星人，像是来自陌生遥远国度的朝圣者"。他的才能"在混乱中成长，因为没有敌人而互相残杀"。他必须要去城市，去爱丁堡，最终落脚伦敦，而十三年后，我们看到，他的渴望仍是同样的强烈。"十月一日，这个早上我在考虑是否要再次把工程师作为职业，几乎思考了片刻我就打算重操旧业了。既能解决生机，又能与人接触，是我目前最迫切需要的。"

除了人，除了英雄，没有什么能够令他感动，令他欢迎鼓舞和心满意足。他所关心的只有英雄和英雄崇拜。即便是你把全世界最先进的理论，最包容的思想放到他面前，他还是冷冰冰的，漠不关心，甚至是公然的谩骂。但若是为他带来一个英勇强壮的人，或是谈及高尚的人格——牺牲、服从、敬畏——他将热情地回应你。所有怀揣着理想，前来寻求帮助和宽慰的梦想家和狂热的信徒，都会吃闭门羹。他们都忘记了他要找的是一个人，不是一个想法。的确，如果你心中有任何流行的主意或者改革的想法，就一定要避开切尼路五号。要把你的那些观念灌输进卡莱尔的思想，去动摇一个埋头苦干汗流浃背的英雄，实在是机会渺茫。但是他欢迎任何真正做事和有勇气做事的人，欢迎任何追求真实的人。"以上帝的名义，你是什么？不，我不是一无是处！你说。那么，你是什么？有什么价值？这是我想知道的事，并且迫切地想知道，因为我也要经历这样的关口！"（《过去与现在》）

卡洛琳·福克斯在他的回忆录中，讲述了在1842年，一个康沃尔的矿工是怎样赢得卡莱尔的欣赏的。这位矿工坚守在自己的岗位上，即便是炸矿山的导火索被提前引燃，他也坚持让工友先走，虽然每次只能有一个人逃生。他找到了这位英雄，他在这场爆炸中奇迹般地活了下来。卡莱尔专门建立了一个企业来为这位矿工募款，改善他的生活条件。在写给斯特林的信件中，他说知道有这样一位真正的勇敢的男人活在世上，并且同时跟他在这片土地上一起工作，了解这一点是很有帮助和益处的。"告诉所有人，"他说，"这类人应该被孵化出来，如果把他当成一个早餐的鸡蛋吃了的话就太可耻了。"

所有卡莱尔的罪过都是从他对这些一个个的英雄的偏爱中滋生出来的。这样的偏好决定了他思想的分水岭。他思想的所有小溪和激流都朝着同一个方向汇聚。伯恩斯的悲剧人生，约翰逊的孤独的英雄主义，斯科特刚毅的男子气概，歌德的王者风范。这些都深深地吸引了他。艾默生向他称赞柏拉图，但是却引起了一场无休止的对这个希腊哲学家吹毛求疵的辩论，他说："这一切都和我有关系吗？"但当他发现柏拉图打心底里憎恨雅典的民主政治，而且表示出他的不屑一顾，卡莱尔才对他有所改观。历史在他这里很快的变成了人物传记，历史的潮流因为那些英雄的意志而起起伏伏。除了道德品质，我们没有发现他能利用或阐明一套理论或者原则，他永远在寻找线索，追寻着英雄的足迹。

他认为个人意志、人的权利应该是高于事件的。他看到了规律，比任何人都要看得更清楚。"永恒的规律主宰着万物，不受时间和空间的限制。行星绕着它们固定的轨道旋转，类似地，马车在大道上来往穿行。"但是对他来说，律法仍旧是个人意愿，是上帝的意愿。

Part 10　周日，切尼路

在宇宙中，除了个体，自觉的意志和力量，他看不到任何东西。他信仰人格化的神。在他强烈的个性和对人类力量和智慧的焦虑之外，他的内心对此是信服的。同时他也相信人格化的魔鬼，至少他辱骂了"老尼克·本"，几乎没有人会去辱骂一个抽象的概念。不管我们认为卡莱尔有多么不切实际，他其实一直都在关注实际问题。他从理想主义者的阵营里跑了出来，专注于改善这个世界上一切真实的事件。所有那些吸引改革家和激烈思想的特质不是他的信仰本身，而是这种信仰冲动热情的外在形式。他有着真挚的狂热，真挚的反叛，对长期国会和国民大会也怀着真挚的愿望——他唯一赞扬的两个国会。他不仅仅平静地陈述看见的真相，然后站在远处袖手旁观。一旦确信事件的真实性，他所有的思想的激流便向那个方向奔流而去。这是他长期被压抑的能量释放的出口，有时卡莱尔式的愤怒和力量甚至会泛滥成灾。从歌德那里，带着他非凡的洞察力和冷静，自由的道德准则，来到伟大的苏格兰人面前，就像从阅兵典礼进入了战场，从梅兰克森到了卢瑟。说高德是不诚挚的，这样的言论荒谬之极。他耳观六路眼观八方，轻易地看穿一切，但那是为了个人的目标和利益，是思考的乐趣。卡莱尔的视线中充满了痛苦和煎熬，因为他的道德一直在悲天悯人，这是一场战斗的召唤，他倾注了每一份力量。这也是为什么卡莱尔看起来与改革家和狂热分子别无二致，也使得他们对他有了更高的期待。他身上的艺术家特质，以及他对人格和个人的力量的不遗余力的坚守，让他不至于落得他朋友欧文那样的境地。

清新的原野　Fresh Fields

　　卡莱尔对于事件本质的理解以及刻画人物的能力，完全来自于他强烈狂暴的个人主义。也许，我们可以说，在所有的文学作品中，再也找不到第二个像他这样的肖像大师，像他这样的历史人物的描摹者和阐释者。老一代艺术家描绘和塑造人物，赋予对象以形体，使之复活的能力，在现代作家中是少有的，而卡莱尔则是拥有这样能力的佼佼者。作为一位艺术家，这是非同寻常的天赋，让他可以与伦布兰特、安吉洛、雷诺兹以及古代雕塑大师们相提并论。他能像命运一般准确无误地指出人的弱点和特长。他像骑师了解马一样熟悉人性。他刻画的约翰逊、鲍斯威尔、伏尔泰、米拉波，都是绝世名作。他笔下的柯勒律治尽管在很多方面虽有不足，但仍然最为贴近，超越了其他所有作家的描述。人们担心，可怜的兰姆恐怕要在他的笔下永世长存了。卡莱尔刻画的人物性格中，没有一个比这个兰姆更让人反感了。我们很清楚卡莱尔从一开始就不会喜欢兰姆这种只会耍嘴皮子的人。无疑他在《过去与现在》中的这一段就是以这种人为原型："他那些可怜的观念的碎片必须要以讽刺的外形出现，可能会刺痛我——如同乱七八糟的杂草，如果能根根直立，或许我能记得更清楚。这样疯狂的虚伪笑容对于人们的灵魂来说太过悲哀。人们的脸不应该像面具一样对着别人咧嘴笑，要以原本面目出现！我喜欢诚挚的笑容，就像我喜欢阳光一样，而不是那些狡黠的笑容。除了圣维塔斯的舞蹈，剩下的大多数都让人反感！"

　　如果卡莱尔选择了当画家而不是作家的话，那他一定会留下一整个画廊这个世纪从未见过的肖像画。在他的书信、日记、回忆录等文字中，他提起某个人时总是描画出他的脸，而且还是用钢笔描绘的草图！让我稍稍列出其中几个。这是《论英雄与英雄崇拜》中卢梭的脸"脸长而窄，眉骨突出，深邃而坦诚的眼睛，凝视的目光充满困惑，但又像山猫一般敏锐。一张充满了痛苦的脸庞，甚至是卑贱的痛苦，对痛苦的反抗，还有低劣和粗俗，只有通过热情才可以获得救赎。这是一张狂热者的脸，一个被压抑束缚的英雄！"我还瞥见了丹东的肖像"他浓黑粗大的眉宇和无精打采的脸色，像疲惫的大力神。"卡米尔·德穆兰"虽然是一张肮脏的面孔，但散发出智慧的光芒，如同里面燃烧着一盏煤油灯。"通过米拉波"粗糙杂乱，突出的眉毛，一张粗制滥造的、布满皱纹和粉刺的脸，天生丑陋，卑劣，没有节制，丧失殆尽，但是燃着智慧之火。像彗星，在混沌的黑夜中放出最耀眼的光芒。"

在第一次与约翰·斯图尔特·密尔会面的时候，卡莱尔向妻子形容他"身材单薄，个子很高，是一位优雅的年轻人。有一张小巧、洁净的脸，长着鹰钩鼻子。一双充满笑意的小眼睛，言谈举止谦逊得体，热情但不失条理和冷静。算不上了不起的人物，但显然是一个天才的、和蔼可亲的年轻人。"

几乎在同一时间他遇到的一位伦敦的编辑，他又是这样描述的："一位高个子，自由散漫，头发稀疏，满脸皱纹，表情冷漠，长相粗狂的男人。"他在早年间曾访问伦敦，有次进入了众议院："当时是奥尔索普在讲话,他有一副浓密粗大的胡须,看起来像个农民。休姆也在高谈阔论,他是个皮肤白净,有些许斑点,身材魁梧的家伙。韦瑟尔,有两条粗眉毛,是一位古怪的、睿智的老人。戴维斯,一个有着鹰钩鼻子的花花公子"等等,他肯定是勾画了他见过的每个人的面容。德昆西"是你这一辈子都没见过的矮个子人,但是却有着最和蔼而明智的面孔,就是牙齿被鸦片毁了,下嘴唇稍稍突出,像一个搁板。"李·亨特"黑皮肤(我相信他是非裔),有着浓密、洁净的黑发,头型很好看,一双让人愉快的棕色眼睛,看起来睿智而认真(乍一看让人感到惊讶)。"

这是他对丁尼生的描写"那个有着一双很大却暗淡的眼睛,古铜色的皮肤,头发蓬松的男人就是阿尔弗雷德。身上灰尘满满,无拘无束地抽着烟,表面上自由散漫但是在这嘈杂、布满烟雾的环境中内心极其镇静。在他出现的时候,总能让人心生敬畏,他是这些人中最安静、亲切、最热心的男士。"

还有在1840年对狄更斯的刻画"清澈的蓝色双眸中透着智慧,眉毛竟然连在一起,一张突出的松弛的大嘴,面部表情极其丰富,在他说话的时候,脸上的每一个部位,眉毛、眼睛、嘴都在动。要是换成蓬松的黄色卷发,矮小结实的身材,再穿上一双并不合适的高跟凉鞋——活脱脱就是匹克威克。"

还有对希腊的历史学家格罗特的肖像"这位的上嘴唇很笔挺,肥大的下巴,开合的嘴,至于其他,个头很高,眉宇间透着沉思和沉闷,头发笔直、凌乱，总之就是一位看上去满肚子异议的大臣。"

卡莱尔向艾默生描述他在伦敦遇见的两个熟人"索希肤色仍旧是健康的小麦色，有羊毛般洁白的发丝，眼睛时常飞速的旋转着，老罗杰斯稀疏的头发像雪一样，苍白寒冷。一双大大的蓝眼睛透着痛苦和哀伤，撅起的下巴富有讽刺意味。"

在另一篇作品中他这样描述韦伯斯特"作为一名推崇逻辑的先驱，和国会的大力士，每个人都会心甘情愿地支持他，乍一看你便会完全支持他而与整个世界作对。肤色已经被晒成了棕褐色，形状不规则如同峭壁一样的脸孔，高耸的眉毛下是一双漆黑的眼睛，像阴暗的煤窑，好像一吹就能喷出火焰，一张大驯犬般的嘴巴紧闭着。在我的记忆中，我还没有描摹过这样一个狂暴武士般的人物。"在写人物传记的时候，他总是偏爱英雄的角色，并且想法设法地去寻找他们。他漫步于德国没有尽头的画廊，只为寻找真正的腓特烈大帝的肖像画，幸运的是，最后他终于得偿所愿。"如果人们愿意花几百磅的价格买一双威廉·华莱士的旧鞋子，并且从苏格兰的四面八方赶来瞻仰。那人们又愿意花多少钱一睹他的真容，假如这样的画像可以通过魔法般的艺术还原出来。""我常常发现一副肖像画比一半以上的人物传记都更有价值，或者我可以这样说，肖像如同一支点燃的蜡烛，借助光亮我们才有可能第一次去阅读传记，才有可能去解读勾画出人物的全貌。"

2

无论何时何地,卡莱尔都代表着英雄、意志、力量、人格的威信以及个人的职责。他像一道霹雳,与当代否定个人能力的潮流抗争,与"命运天定",盲目的从众行为,个体对整体的屈服,多数人的游戏规则,与无政府、无领导、自由放任的潮流抗争。除非有力量和强权,人的意志引领事态的发展,他都对结果没有信心。除非有英雄在掌权,那些又聋又哑的不作为的力量都会在他的掌控之下,他才会对冒险提起兴趣。就连在南北战争中,他对北方阵营的目标和理想也不为所动。那是人民的战争,强人的支配力量还不够显著,是理念的碰撞,不是人格的冲突。整个事件中看不到处于统治地位的强有力的人物出现。他还是想念他的克伦威尔,他的弗雷德里克。如若是他的兴趣被唤起,那也一定是在南方,因为他听说了南方的奴隶监工。他知道卡夫有一位主人,鞭打奴隶的声音要比反奴隶的枪声还要悦耳。在此之后,他看到的只是模糊的、被误导的慈善行为。

卡莱尔不会以一个哲学家的身份去审时度势,了解事物彼此之前的联系,他看到的都是独立存在的个体,因此或多或少持反对态度。我们谴责他脑子不正常,其实那是他思维和脾性过于死板不够灵活的缘故。他不是涓涓细流,而是滔天巨浪。他试过写诗,也在年轻的时候试过写小说,但是他的情感不够丰富多变,写不出这些东西。他的道德和信仰,实在是过于强烈和坚定。

Part 10　周日，切尼路

伟大是人类体内一切力量的激烈碰撞，也是有机世界中一切力量的激烈碰撞。但是显然在卡莱尔的思想中没有这样激烈的反应。他从不对自己的极端的观点做出反应，不会寻求补偿，不会试图让自己处于平衡状态，又或是为了其他的一些相关事宜改变自己的看法。他看到了英雄人物的价值，并无限地将其放大，但是这些无法适应眼下的时局。他显然完全地相信现在的政府和社会正在迅速的走向混乱和毁灭，只是因为没有英雄这样天生的领导者在位执政。但是纵观天下的所有政府、国家，他们的成败并不取决于他们的统治者是睿智或是愚蠢，而是取决于人民的智慧和美德。"大多数人基本正确的时候"，他自己说，"那就是正确了，而当他们都不正确的时候，那就是错的了。"对于美国而言，以经济的快速增长和国家的繁荣为目标，让最有才华的人进入国会担任总统，或是第二有才华，第三有才华的人，又会有多大的区别呢？我们最大的盼望，至少在和平时期，便是国家的普选机器会为我们选出一名卓越的公职人员，这个人可以代表比较高的群众阶层平均的能力水平和忠诚度。而在非常时期，当民族处于危难关头，国家局势紧张，人类自我保护的本能开始发挥作用，命运自会将最有能力的人推到前台。时势造英雄——造就了克伦威尔、弗雷德里克、华盛顿、林肯。卡莱尔完全忽略了大自然中万物竞争的本质——无论是在原野花园还是在政治社会，亦或是决决众生之间——物竞天择，适者生存。在人为的社会环境下，这一准则或多或少受到制约，但是在挣扎和民族诞生的阵痛之中，人为的条件消失了，我们又一次被抛在了优胜劣汰的大地上。我们的军队要经过多么漫长的筛选和分拣的过程，才能从中发现真正的领袖，也许不是弗雷德里克，不是威灵顿，但一定是这个大陆上的佼佼者。

大众政府的目的不是挑选和提拔英雄人物，赋予那些有特殊才能和天资的人以权力，就像农业博览会上的颁奖那样。这是人们希望看到的现实之一，但不是不可或缺。只有当一个自由政府能够使人民独立于某些卓越的领袖人物，使得民意和道德能够自由发声，才能获得成功。美国政府任何无视民意投票，坚持推举有才能的人的观念，都是片面的不科学的。我们可以忍受，也已经忍受了相当一部分的平庸之辈被任命为我们的统治者，也许通常情况下平庸才是最安全和最好的选择。即便我们想要臣服于伟大的领导者，也没有这样的机会了。事实上，我们再也不需要这样的人了。在人民登上历史舞台的时候，英雄们必须等待他们的命令。在这个国家，人民是多么频繁地阻止和纠正他们的统治者愚蠢而没有头脑的决策！卡莱尔说的也许没有错，"人们被奴役中最不值得一提的就是来自那些可笑的王者的镇压"，但是我们是否也应该认同这个主张的另一面，首要问题是，真正卓越的人要去寻求依附政府吗？还是说，应该独立于政府之外，遵循自己的一套准则，不受制于任何一般的政治体系的波动。一个享有帝国恩惠的民族，如同英格兰血统，在英国和美国都不受限于他们的统治者。否则英国要在很久之前就灭

Part 10　周日，切尼路

亡了。

关于"人类的美德"，卡莱尔在1850年写道："假如我们追根溯源的话，不算少见。人类美德的源泉像阳光一样充足且无处不在。"这也许可以抵消他悲观厌世的言论。"笨蛋、懦夫、无赖、厚颜无耻的叛徒，一心只为满足自己的欲望，在任何阶级中都占据着绝大多数，没有什么比看到他们投票和选举更可怕的了。如果我们'追根溯源'，这种说法本身就是不成立的，'民主'，本质上是一个自我毁灭的进程，长远来看，结局只会是一场空。"

因为地球的重力是恒久不变的，因此万物没有被这股中心力量碾成粉末。使卡莱尔成为一个优秀的历史学家和传记作家的特质，即他凶狠而专注的敏锐眼光，让他的作品更有效更吸引人，但在时政领域就行不通了。请允许我引用卡莱尔《现代短论》中的一段冗长而具有特色的文章，举例说明他对普选权的一些错误观念："你的船不能通过卓越的选举计划提升航行的速度。人们在甲板上面、甲板下面，以和谐的完善的宪法的形式，投票决定这个，决定那个，而船只本身，要绕过好望角，仍会按照一系列此前既定的航行条件，借助古老的自然力量，大自然可完全不会理会投票的结果。所以不论投票还是不投票，只要能够确定这些航行条件，勇敢地遵照执行，就可以顺利绕过好望角。如果做不到，那飓风就会把你们刮的节节败退，永远也无法回来。只有那些牢固的冰川，这些在混乱中装聋作哑的'议员'们会发出最可怕的警告：你们将被抛在巴塔哥尼亚的悬崖上，或是在冰山旁打颤栗，又或是完全偏离航向，驶向戴维琼斯，永远都别想到达好望角了。全票通过——的确，如果这个船上所有的人意见一致，或许暂时看来，对全体船员和幽灵船长来说是很舒心的，如果他们有那么一位船长的话。但是如果全体一致选择的航线会让他们驶向深渊之地，他们也得不到什么好处！而船只本身，根本就不需要投票箱，也不需要幽灵船长这号人物。每个人都希望周围有更多的实体存在——所有人都受制于同样严厉的律法，至少能在人类自我保存的行为中看到一点智慧和思想——生存是大自然的第一需求。幽灵船长和无异议的选举，现在却被当作是一切的律法和预言。"

　　这便是卡莱尔式的智慧和生动形象的陈述，但他描述的是普选权所表达的民主政治的情形吗？卡莱尔在类似话题中频繁地提到"永恒的真理"，在诸如《致哀礼炮》的书页中又再度出现，似乎按投票的人头数，决定琼斯或史密斯是否要去议会或是国会就职，与开会讨论引力定律并没有什么不同。想要快速通过好望角的船只，如果发现船上没有长官，也会推选出一位，大概也多多少少类似于投票这种统计人数的形式，选出一位最有才能的船长来发号施令，让船只乘风破浪。如果达不到这样的结果，那确实就陷入了绝境，不管有没有一个投票箱，他们都会坠入深渊，无一幸免。不管怎么说，投票来决定是否消除风暴，或是改变洋流方向，本质上与诉诸普选来确定社会的道德和科学准则是一样的。但是卡莱尔注定看得见附

Part 10 周日，切尼路

近隐藏的深渊，和掌管生死的永恒力量。他站在一个可怕的视角将一切尽收眼底。的确，不弯腰你就无法松开鞋带，但无论他弯不弯腰，或是用不用别的办法，他都不会轻易地下定论。这些暂时的权宜之计——类似脚手架一般的调整和策略，被广泛地用于管理这个世界的粗俗事务——对卡莱尔来说，与虚伪、欺诈和幻想是一样的，也是他所不齿的。从现在直至未来，似乎一切风云变化的时代，在文明的国度里都已尘埃落定。尤其是在美国——政治仅仅只是一个脚手架而已，绝不是我们居住的房子，最多只是房子的附属品或必需品。长远看来，政府和他统治的人民并不会变得更好或者更糟。投票琼斯出任治安官，难道等同于支持或是反对宇宙的永恒法则？错误的投票结果过于骇人，因而必须加以废除，所以治安官的选举只能依靠太阳系的自我进化？

　　卡莱尔不是一个调停者。他用犀利的眼光注视而夸大一切，所以他看到的事实，正如先前所说，立刻变得无法与其他事实融合。他不能也不会与现存的政府同流合污，这是大多数人的政权，他和我们都十分清楚，大多数代表的是愚蠢和罪恶，是追随谎言和骗子的乌合之众！谬论，华而不实，骗子，要成为社会的主流是多么的容易！所有流行的事物在一个睿智的人眼中都是值得怀疑的。那些伟大的传世之作是被传阅最多的吗？所有伟大的信念和革新，哪个不是始于少数派，在多数派的围攻下杀出一条血路？难道大众不是在高喊着"钉死他，钉死他"来迎接他们的救世主吗？是谁在一直充当被迫害的殉道者？宽阔的大路会带我们去向哪里，狭窄的小路又通往何处？"谁又能够证明，自世界初始，哪一场普选是有利于那些最有价值的人和事的？我一直认为，在任何一个体系中，真正的价值难以得到承认。那些最有价值的，如果诉诸普选，几乎没有胜算。"

卡莱尔将自己种在在这些真理的沃土之上，他看到在这些真理和普选制度之间无边的深渊。真理毋庸置疑，但我们不禁发问，他们有没有质疑政府，投票是否自由？如果是这样，那这片沃土就完全的从根基脱离。这个世界确实为少数人所统治和领导。且将永远如此。多数人迟早会跟随少数人。我们所有人已经成为了这个国家的废除主义者，我们当中的有些人自己都十分困惑迷茫，我们几乎还不知道一切是如何发生的。曾几何时，废除主义者是大多数人迫害的对象。更让人惊讶的是，行政部门的改革在美国的政客间变的得流行起来。某些事情正在悄无声息的发生，在我们沉睡的时候，或是我们还在嘲笑讥讽的时候，潮水开始上涨，最后我们都被时代的潮水裹挟而去。我们需要明白的另外一点是，在所有政体下，任何缺乏时间，缺乏与当下环境结合的命运或运气的事物，都不能代替真正的英雄走在时代的前端。如果没有英雄出现，我们要为那些遗失了创造英雄秘诀的人民感到悲哀。

那些最有价值的人通常都有其他的工作要做，避免进入政界。卡莱尔不会被国会诱导站在他们一边。"谁会去统治？"他说，"如

Part 10　周日，切尼路

果本身没有统治的欲望？他便是所有人中最不情愿去统治的人，除非被胁迫。"但是他不可能被胁迫，他仍是我们唯一的希望。我们应当做些什么呢？政府仅仅通过那些最适合的人就可以拯救人类，但是最适合的那个人还没有降临。我们不知道他是谁，甚至他自己也不知道。这个情形是令人绝望的。这也是为什么卡莱尔对当代政治的观点是绝望的。

读过他写的弗雷德里克历史的人，时常觉得卡莱尔会很乐意像那位伟大的普鲁士人一样成为一个真正的君主，一个真正的父亲一般的君主，一个真正将权力握在自己手中的君主。像农夫致力于改善扩张农场那样改变他的王国，比最勤劳的农夫还要任劳任怨。他是一个懂得尊敬、怜爱和敬畏的男人，称一切女人为他的女儿，称所有男人为他的儿子。把他看见和与之对话的人视为生命中的大事。像牧羊人一样对待他的子民，像雄狮一般向敌人怒吼。可以为他的国家奉献生命，他是国家的头脑，人民是肢体。他的力量和影响甚至可以渗透到最为窘迫的乡下人身上，他的精神播撒到整个国家。这是个理想国，这样的设想让人迷醉，如艺术品般完美无瑕。也许这就是这样的故事迷住卡莱尔的原因，他是个不折不扣的艺术家。但是我们的国家怎么可能会发生这样的事！怎么可能让每个说英语的人民依照自己的选择和意愿。不是因为我们配不上这样的君主，而是因为一个完整的新秩序，因为政治和人类社会的演变，在最恰当的时候已经到来。旧世界已经离我们远去，英雄和强者的时代已成为过去。人民登上历史舞台,开始参与评判所有即将统治和领导他们的人。科学的时代已经到来,万事万物都等待接受检验,个人的意见受到重视。我们这个国家唯一的希望,至少在政府内,是集人民的智慧于一体。极端的状态总会汇合,如果我们能彻底的意识到这一点,或许这会像其他的计划一样完善而周密。卡莱尔会说,人民的"集体愚蠢",也许在他的一生中,他从未看过事情的另一面。他没有看到大多数人的智慧也许不全是盲目跟风的愚蠢。他也许已经忘记,又或是完全不知道,美国的普选制是一个很好的范本,普选是不断筛选和分拣的过程,是一个真正寻求智者的机制。不会有人问大众谁应该统治他们,而是会问两位候选人中他们更喜欢哪一个。在选拔候选人的时候,他们的智慧和领导能力便起着举足轻重的作用,简言之,民主为天生的领导者开辟了一条大道。在竞争对手的压力下,这个国家中的所有的政治才华和诚信都会呈现于普通大众和有自由选择的人民中间。

无疑大多数政府都会像其他流行的事物一样,会尊重人民的意愿,它不会提拔最杰出的人,也不会提拔最低劣的人,而是以人们平均的德行和才智为基础。

在各个国家的各个时期都曾出现过杰出的人物,他们会获得众人的支持,博得人们的拥戴。但另一方面,他们中的有一些具备获得声望的要素,但是缺乏伟人的特质。而另一些人拥有伟人的特质,但不受人爱戴。后者是改革者、创新者和先驱,他们的伟大之处将会被后世发掘。普选不能提拔这些人，而如果人们在选举中频繁地选拔后者，仅仅是因为前者更加少见而已。

人们盲目地追随那些骗子和冒牌货的时候往往会产生错觉。一大群人前赴后继，但还有更大的一群人并不会追随，而那些追随的人很快就会意识到他们的错误。所以，只有真正的价值和优点，才会赢得人民长久的支持。在每一条街道和每一个社区，往往最有能力的人会拥有最高的声望，被最多的人喜爱。全世界范围内，人们传颂的名字也是最值得被传颂的人。但这不能够阻止某些类型的杰出人物，他们走在时代的前沿，宣扬新的学说和理念，恰恰被同时代的人拒绝和否定。这是自然规律。少数人引领和拯救这个世界，而他们的名字要很久才会被人记起。

或许没有人会意识到，在他身上未知的领域会有多么宽广多么重要，巨大的未知世界潜藏在他有意识的意志和企图背后，这才是他人生中真正的控制力。正是无意识中发生的事情，让他的意识有了轮廓和意义，并以此来拟定他的人生道路。其中有外界的影响，有种族和家庭的因素，还有时代精神对他的塑造。正如我们所说，本能和命运支配着他，并使他成为他自己。

每一个人和每一个国家都有这样一个深刻的未知领域。伟大的运动在此萌芽，深层次的蜕变在此酝酿，这里是一个民族或是国家真正的命运所在。这片沃土中，新思想会被播种，那些新人类，那些被轻视的领袖人物，亲手将种子播撒在这里。假如他们是有生命的，那么一定会在适当的时候破土而出，茁壮成长，成为整个社会共同的意识。

没有人比卡莱尔更清楚，不管是谁成为统治者和立法者，最后仍然会由智者来统治，由天生的领袖来领导。真正的智慧将会显露，这是这个世界不能阻止和废除的事。在这里或是在英格兰，没有一个或大或小的行政区、小镇、或是社区，不是由智慧管理、塑造、领导和建立的。所有重要的产业和事业都自动被最有能力的人控制。有智慧的事物役使没有智慧的事物，资本流入能够操纵资本的人的手中，就如同河流汇入大海。

"风生水起，所有的力量都会被勇敢者驱使。"

从来没有也从来不会有任何政府仅仅依靠智慧而获得胜利，所有的国家和社会最终都会被自然法则统治。如果人民没有智慧，那他们的领导者也不会有。这些具有代表性的个体的德行和才智绝不会在大众里面鹤立鸡群。愚蠢、奢侈、毫无远见的人只是为了生计，为了面包，为了生活而依赖主人和领导者，在如今的美国活生生的上演，如同古老的封建社会和父权时代。这两者之间的联系并不是那么明显和密切，但是却至关重要。如果那些聪明人不自己站出来让别人看到、听到、感受到他们的才智，又怎么能被人了解？我们要如何了解管理者，如果他们根本不去管理？如果真正的领袖不站在人前，有一天当他站出来的时候，我们也不会知道他是谁，这难道不是一件很危险的事吗？我们恐怕就不会知道卢瑟、克伦威尔、富兰克林还有华盛顿了。

卡莱尔说:"人,正如他们所预料的一样,服从上级的领导是必要的。只有这样他才会成为一个社会人,否则他就无法走到人群中间,人们要服从那些比自己更受尊重、更聪明、更勇敢的人,并将永远忠于这样的人,永远心甘情愿并乐意这样去做。"在我们这个时代,那些智者要历经千百次的谋划,跋山涉水来到我们面前,按照他们的喜好,将我们塑造成演说家、政治家、诗人、哲学家、传教士和编辑。如果他要传达任何睿智的思想,实施任何计划,那就一定会有一个讲坛和一群准备悉心聆听的听众,或是有一台电动印刷机,将他的思想传播到世界的每一个角落。他们会在任何言论自由的国家建立议会和国会,随意地建立或者撤销法律。"如果我们仔细思考,就会发现一个事实,每一个英国人都可以不用了解选举程序,直接毛遂自荐将自己选入国会。如果他脑海里有任何的想法见解,或是天上地下的道理,他不能只凭自己意愿,就径自地将这些强行灌输进所有人的耳朵和心里吗?"(《过去和现在》)以及,到处都有布道坛等着人们毕恭毕敬地聆听。还有什么事情是英雄人物做不到的?"这不就是我们所说的寓于所有灵魂、所有生命以及视野的精神指引吗?"有的人甚至说,"让我创作国歌,我不在乎谁在制定法律。"当然最伟大的诗篇来自于建立者和帝王。他们在人们的心中统治了数百年。

在更为久远的年代,在更为原始的群落中,那些英雄,那些强壮的人，会像平原上的水牛和草原上的野马一般冲到最前面，占据领导地位。但在现代，至少是说英语的人种，他们都必须或多或少的通过人民的选举当政。非常肯定的一点是，如果处在十七世纪或是十八世纪，卡莱尔不会在克伦威尔和弗雷德里克身上看到英雄特质，但是在十九世纪，两个人都是英雄的代名词。无论如何，那些逝去的人要比活着的人给我们的影响更深。我们无法逃避历史。我们今天得以存续，依靠的不仅仅是洒向大地的阳光、甘霖和雨露，还有那些历史的长河中不断涌现的英雄儿女。

"英格兰大地的征服者和统治者，随着时代更替不断地变换。但是它真正的统治者、创造者、和永恒的所有者是那些真正追随它的人。如果你能找到他们：所有曾出现在这片土地上的英雄灵魂；所有披荆斩棘，在这片大地上含辛茹苦的人；所有为英格兰献计献策，在英格兰说过或者做过一件英勇之事的人。""功绩？那些被人遗忘的功绩，安静地长眠于我脚下的土地，不论我走到哪里站在何处，不论我思考什么或是做什么，都伴我左右，支撑维系我的生命，不断地在我耳边回响。"我们国家的第一位总统停止担任过总统吗？那个严厉的无可责备的爱国者不是还坐在那个位置上发表忠告吗？

卡莱尔从不相信事物自身具有纠正、引领自己导向正确标准的能力。自然守恒力依靠内在的制衡维持秩序和延续。根据达尔文理论，世界上所有有机生命体都在进化，高级物种从低等级生物进化而来，事物真正的"轮回"法则和力量——你可以把它称作命运，必然性，

Part 10　周日，切尼路

上帝，又或是其他什么——将把人类、种族、时代、甚至是社会与选择、偶然事件、个人意志完全脱离开来，放到普遍规律之下。毕竟，我们的生命如此短暂，历史进程，国家命运，任何个人的目标、方向和意志的结果都是微不足道的。命运是多么伟大，人类是多么渺小！人体是由千千万万个细胞组成，每一个都发挥着不同的功能。它们夜以继日的工作，无暇他顾。身体的形状、尺寸和颜色、力量和健康的程度不是由一个或是几个细胞决定，而是由细胞之外的某种固有定律决定。国家的命运和结局往往同个体公民的目标和意愿一样渺小。当人群的范围扩大，时间的跨度变长，自然规律便显现出来。天气或炎热或寒冷，春天来的或早或晚，但是倾斜的地轴保证了冬天和夏天不会缺席。风向变幻莫测，但是飓风总是向着固定的方向前进。山间的微风从没有在两个日子里是一样的。局部的暴风只能在几英尺的深度范围内推动海水，但是潮汐的力量可直达海底。人类和社会常常处于北极探险家的位置，当他们在一个既定的方向上飞速前进的时候，脚下的浮冰则以更快的速度朝着相反方向移动。这样的情形在国家的政治和教会中时有发生。性情支配情绪，个性决定了意志，在情绪和意志的背后是家族的偏见，而这之后是种族专制，再往深处探索，便是气候、土壤和地质的能量以及整个物质和道德环境。只要我们超越了这一切，我们仍是自由的人。我们不能决定命运，但是我们却能以某种方式利用它。发射出的子弹无法取消或改变重力，但可以利用重力。雪崩下落时，漂浮的水蒸气也是引力规律的一个实例。

我想说的是卡莱尔已经探索过意志和选择之外，人类道德责任之外的领域。但是在生活、实践、具体操作中，我们不应躲在永恒规律的庇护下。只有当一个人在战斗中失败，他才可以在哲学中寻求安慰。我们不能逃避艰难的时代，转而去寻求稳妥的永恒。"现实很糟糕，那么，你来让它变得更好。""公路不应被那些宣扬"运动不可能"的游行队伍占领。"（《宪章运动》）

3

卡洛琳·福克斯在她的《故友文集》中有一句关于卡莱尔的名言，在她那个年代很流行，并且从那时起以各种形式广泛流传。他有一大笔没有投资的"信仰"带在身上作为现金，我猜，那大概是他的周转资金。可以确定的是，这笔钱永远不会放进任何社会或是宗教的保险箱里。他在日常工作上花费了不少，尤其是写克伦威尔和弗雷德里克的时候。的确，人们不禁怀疑，在同时代人中是否真有这样一个具备如此信念的人——几乎不投资任何"有价证券"。他的信仰，作为真实存在的实体，与他一起面对每一个问题。他不相信这个宇宙的造物主已从商业上退休，又或是仅仅是个匿名合伙人。他说："人们说原罪以及诸如此类已经糟糕透顶，但我怀疑并非如此，那大奸大恶、无知愚昧、黑暗的谷物条例、监狱和公司又算什么呢？"除了信条、理念、哲学，重整世界的计划等等，他对任何事都不在意，不会浪费哪怕一分钟的时间。但是英雄、劳动者、实干家、正义、诚实和勇气吸引了他，他愿意把信仰倾注其上。那些对其他人来说仅仅只是障碍的事物，对卡莱尔而言则是紧迫的现实。关于他的每一个事实和真相都有所倾向，指向行为，指向责任。他不会致力于教义和规则，但是这些却迅速地产生了力量、正义和品质作为回报。他没有哲学式的不偏不倚。他已经被打碎，内里是道德的挣扎与纠缠，一块直立的石头。也因此他的演说表现出激烈急躁的特征——生动而有震撼力。他依旧被阴郁和沮丧的情绪支配，与他不屈不挠的创作精神融为一体，成为一个显著的标识。这样的勇气、忠诚、永不动摇的信念牢固、健康地根植于他周围充斥着愚蠢和邪恶的混沌世界之中，连同他的悲观和心灰意冷，从没有在其他作家身上见过。从这个角度来看，他更像是宇宙树（北欧神话中连接天、地、地狱的巨树）的根，而不是枝干，是根须中最重要最有力的那一部分，在黑暗中汲取养分，然而心中是光明的指引。他是怎样的在泥土中钻研和探索，他令多少逝去的生命重新焕发生机开出绚丽的花朵，为了找出英雄的最后一滴血他怎样艰难地筛分泥土！幸运女神眷顾着他，带来神圣的泉水。他动作迅速、敏捷，满怀柔情和怜悯，但若是你反对他或是意图让他脱离他珍视的事业，他立刻会变的凶狠野蛮。在他的狂风暴雨之后，总会留下清新和洁净的道德空气。他不会与别人谈起他的失望和忧郁，因为他为我们带来的是恒久的希望与信念，是振奋和新生。就算天塌下来，真相和正义的宇宙也不会坍塌。卡莱尔像一个孤魂野鬼，风餐露宿，任凭风吹雨打。他感觉到了可怕的宇宙的寒意。他不能在祖先的信条中寻求庇护，任何他那个时代的观点和信念中都没有他的栖身之所。他不能也从未试图保护自己，以防备尖锐的猜疑、可怕的未知、深奥的问题和使命锋利的边缘。只有上帝目睹了一切。对他来说没有神迹，只有可怕的事实。他的四周是多少巨大空旷的深渊和裂口！他似乎能一眼就看出他与宇宙物质和精神上的联系，并且毕生没有遗失敬畏、好奇、恐惧和灵感的启示。他撕掉掩饰的面纱，摒弃一切似曾相识的幻觉和老生常谈。自然变成了超然。每一个问题，每一种个性，每一份责任，都在这无边的大幕之上清晰呈现，如黑夜的火光映照下的剪影，似乎是第一次被这般审视。恒星、宇宙、永恒——慢慢地为我们所了解或是完全地消失在我们的视野中，但是永远不会从卡莱尔的视野中消失。他对这些事物的感觉几乎是病态的敏锐，似乎指针的每一次移动，每一片树叶的飘落，他都能在其中感受到太阳散发的能量。他有着与生俱来的"野鹰一般的想象力"（他自己的说法）。他只会在生活和历史中看到悲剧。所有事件都迫在眉睫，如同即将要天崩地裂一般。我们看到杰弗里斯一直震惊于他认真的态度。他的思维如同层次分明的峭壁，从思维切换至行动的速度非常之快，让人无法招架，以至于这位机智的支持者前来探望的时候决定还是避而远之为好。

"每时每刻，"他说（在他三十八岁的时候）"自然的世界在我看来，慢慢地变成了有魔力的世界，这是它本应有的样子。每一天，我都更加明白，只有在真实中才存在真正的诗意。"

"我思考方式的主旨，"他又说："是把自然提升至超然。"在 1832 年写给他弟弟约翰的信中，他说："每一天我都变得更为认真和严肃，而不是更快乐。宇宙万物似乎对我来说愈发的神圣，自然也越发的超然。"就连他八十五岁的高龄，也没能让他变得驯服，没有削弱他"生命的可怕与精彩"的观念。有时鸦片或是麻醉剂会对人体起着相反的作用，不但不能使人困倦，相反会变得清醒和敏感。生命的止痛剂在卡莱尔身上便是这样的情形，没能让他变得安静或是麻木，反而输入了难以置信的想象和新的惊奇。这样的头脑无疑是危险的，一旦用来进行文学创作，将会搞得一团糟。但是卡莱尔与现实的紧密联系避免了这样的悲剧发生。我能说理想与现实在他身上是一体的吗？他让理想变为现实，并且是唯一的现实。他将一切所闻所见都变得真实、具体、生动。他的观念如猛抛出去的石头，他的言语像烧红的烙铁，他的隐喻更是像标枪一样刺穿目标。他的文字总是能够将事物牢牢锁住，如强酸腐蚀金属。他敏感的思想、非凡的智慧，像化学家的无形气体，与某种令读者感到震惊的力量融合。

卡莱尔与普通的宗教狂热信徒不一样，他会敞开胸怀迎接暴风雨的洗礼。他的态度便是宁愿失败放弃也不会祈求。他不会与任何人或事达成和解，更不会寻求任何的庇护。他对幸福、平静和欢乐嗤之以鼻。"一个人除了幸福之外还有更高的追求，他能够放弃平常的幸福，也因此反而能获得上帝的福音。""我们从诸神的命运中看到的是最崇高的悲伤——用无休止的战争对抗无休止的劳苦。我们的最高信仰叫做'悲伤崇拜'。因为基督耶稣，作为上帝的儿子，却没有高贵的皇冠，甚至是连旧的坏的皇冠都没有，他戴着荆棘编织的皇冠。"卡莱尔的崇拜是一种对永恒正义目无一切的崇拜。他不索求，也不给予。他不屈服于严酷的命运，不泄气也不妥协。绝望压不垮他，只有他压垮绝望。压力越大他越是奋发图强。摆脱悲惨的方法就是轻视它，战胜邪恶的方法是向它挑战，而到达天堂的方法恰恰是背对天堂，如诸神一般坚定不移。撒旦也许会被自己的火焰焚烧，地狱或许会被自己的硫磺所炸毁。"可鄙的两足动物！"（托菲斯卓奇如是说）"你们面临的最坏的结果是什么？死亡？那好吧，就是死亡，来自地狱烈火的炙烤，还有那些魔鬼可能或将要对你做的事，都会超乎你的想象！你没有心吗？如果这样的痛苦你都能承受，那么作为自由的人，尽管已被驱逐，在地狱将要毁灭你的时候你能将它踩在脚下吗？那么，让它来吧！向它挑战！"这便是德国哲学家所说的"永恒的否定"，自我泯灭。用撒旦的武器将其打败，"永恒的肯定"即是，对于境遇较好的人，要在这个世界中找到心中理想。你要做的是，将"材料"塑造成你的理想的样子，只要理想的形式

Part 10　周日，切尼路

是英雄式的是诗意的，这种"材料"还是那种"材料"又有什么关系呢？正如我之前所说，贯穿卡莱尔一生的标语，是那个德语单词"舍得"，或是"放弃"。宗教信仰最美丽的花朵，只会在人们抛弃了追名逐利的时候才会尽情绽放。神圣而英雄式的态度便是："我不寻求天堂，亦不惧怕地狱；只渴求真相，无论真相会将我带向何处。""真相！我叫喊着，即便因为我对真相的追随而被天堂驱逐，即便那片天上的乐土是我背叛的筹码，我也不要虚假。"真相，那什么是真相？卡莱尔说道："以你全部的灵魂和力量去相信它，并随时准备因此面对地狱，对你来说，这就是真相。"他自己便是这样的探索者。我们是否认同他找到了真相并不重要。宇宙的规律便是，完美和至高无上的爱与渴望之所在，便是真相之所在。真相不是字面上而是精神层面的，探寻者与被探寻的对象本是一体。你能找到上帝吗？摩西哭喊着："耶和华啊，我何时能找到你？"上帝说："当你不再寻找我的时候你已经找到我。"上述便是卡莱尔所有可以被定义的观点。他憎恨教条就像他憎恨毒品一般。他不能忍受任何宗教信仰和观点直接而武断的陈述。他的父亲想让他皈依基督教，而他那不为所动的艺术思想使他抛弃了教堂。他不能忍受教堂所依据的教条，如同金色的雕像底下的黏土基座。他像所有严肃的灵魂一样紧握住"金子"，迅速地丢弃了作为基座的教条。"不论发生什么，"他二十三岁时，关于这个主题，在一封信中他对朋友说道，"我们也不要停止做一个诚实的人。"

4

卡莱尔有着很强烈的自我主义倾向,但是要想完成他的使命,要想抵消和对抗这个巨大、喧嚣、凶猛的现代世界,他必须自我。适用于古老预言家的话语同样可以用在他的身上:"看吧,我已经让你置身于一个安全的城市中,铜墙铁柱,将整个大陆和犹太国王,还有那些王子、祭司,还有这片土地上的人们通通隔绝在外。"他就是那座有着严密防御工事的城市,是铁柱,是铜墙,他将自己的目标和对他生活的时代的反抗和敌意一同牢固得钉在其上。

弗鲁德为卡莱尔所写的传记,是卡莱尔一生完整的呈现,我不得不说,除了他之前的斯特林传记,之后没有任何传记能在趣味性和文学价值方面与之一较高下。他笔下的卡莱尔,从文学和功利主义的意义上来说,是一个可以预言历史进程的先知。他说卡莱尔作品的价值是无法估量的。我们将拭目以待,他对民主、美国、普选制、人类进程的观点是否正确。"他的预言还需要时间来检验""如果是错误的,他便是滥用了自己的力量。那他一切理念的基础也是错误的。他在指引一条他自己都一无所知的道路,那么他唯一的期望也许就是以最快的速度遗忘自己和他所有的作品。"

但是这个人是真实的,这是毋庸置疑的,所以即便是上述的情形,他所传达的信息也能为自己辩护。不论我们"笃信的政治自由的观点以及相关的推论"是否被证明为假象,我们这一代人已从中获得了全部的力量和益处。或者所有关于精神层面和预言的言论本身就是证据，可以自证合理性，或者什么都不是。弗鲁德先生是否认为，耶利米和以赛亚的预言成为了永恒的"人类的精神遗产"的一部分，是因为确实在某些事例中得以实现，而非承认他们从始至终的真实性，如同热烈的渴望、暴动，信奉上帝的灵魂在每一个时代都是真实的？就算仅仅被当作是一种阻碍和颠覆性的力量，卡莱尔的价值也是巨大的。从没有一个时代，尤其是在我们的纪元，种族的观念和道德信念是不需要从底部松土的——通过一种野蛮无情的力量。有上万种力量和工具在表面打磨、粉碎，使地面上的部分变得庸俗不堪。其中主要的就是庞大的、无处不在的报纸出版物，没有品质和良心，然后便是文化团体、讲道坛、小说、俱乐部，都在表面做文章，让生活变得肤浅和单调。那些主导的社论、评论文章，亦或是周日布道能挖掘多深？但是卡莱尔的这股力量立刻阻止了我们的自鸣得意。人们的观念受到挑战，但是无疑变得更加深入。全人类的道德和智力的资源都加入其中。我们还要坚持检验和查证他预言的真实性吗？难道先知不能像诗人那样，本身就是最有力的证据吗？我们一定要召集所有目击者，走进判定事实的法院吗？我们真正需要关心的问题是：他的观点可以启示众人吗？他的声音具有权威性吗？他核实过吗？他是真诚的吗？他是否扎根于品质？在硬币上面"盖戳"不能赋予它价值，虽然纸币可以。卡莱尔的话语不是承诺，而是对承诺的履行。虽然看不到终点，至少现在仍然是正确的。用他的政治观点来评判他，如同用剧本中历史事件的真实度来评判莎士比亚，用哲学来评判卢克来修，或是用神学来评判弥尔顿和但丁。卡莱尔和他们一样，只是一个富于想象力的作家而已，却要因此受到责难。我们应当关注的是他的言辞——如同先知一般触及使命、自然、灵魂和生命——他所看重和坚持的理想和标准。

卡莱尔是一位带有宗教的狂热和激情的诗人，他像古老的先知一样，以同样的坦率和勇气直面他所处的时代。他不会做出任何预示，除了那些偏离上帝之路的人将走向死亡和毁灭，或是用现代的说法，那些背离自然与真相的人。他与希伯来人一样能够感受到生命的可怕与神秘，无情的道德律法。他的惯常状态不是冥思和享乐，而是抗争和"令人绝望的希望"。《圣经》中有一个词语"敬畏"——对上帝的敬畏——他知道那意味着什么，这是很少当代人能意识到的。

他与他的国家和时代对立，谁还会对他有别的期待呢？就让他作为一把钉牢钉子的铁锤吧。他不相信民主，不相信人民主权论，不相信人类进程，不相信耶稣和犹大的政治平等。事实上，他带着愤怒和悲伤否定整个美国的观念和政治理论。然而，谁又能说他的主要学说——关于适者生存，劳动的高贵，正义、英勇和怜悯的倡导，个性、真实、高尚和智慧要成为引领——最后真的与现代运动中产生的有价值的永恒的理论不相协调或是南辕北辙？我认为这是一剂良药，最好的制衡与支撑。要造就更优秀的民主人士，没有什么著作能比卡莱尔的更具有指导性,在美国我们尤其要珍视他,将他的教诲长存于心。

他最大的优点是真诚。他不会以那个年代的信仰、传统或是惯例习俗为根据发表言论,因为这些与他的理念格格不入,而是依据造物主为他树立的坚定的信念。那些说教和文章与他的话语比起来空洞而虚假,原因在于那些作者和演说家大多受时代的影响,受制于流行的信仰和既定的传统。他们所传递的便是他们被灌输的,是时下流行的和讨人喜欢的言论。他们以大众信仰的喜好和情感为出发点,而不是像他一样提出有独创性的观点。他们讲述的并不是他们自己的思想和经验,而是一种模糊的,毫无特色的普遍思想和普遍经验。我们喝的不是泉水,而是水箱或是蓄水池中的水。但是卡莱尔总是引领我们来到具有强烈个人色彩的独创观点的源头。这一泓泉水有可能是温泉,是硫磺泉,或是喷泉——如弗鲁德所说,是一处间歇泉,喷射出大量的蒸汽和石头——又或是一眼清甜可口的泉水(似乎他能够以不同的面目交替出现)。但无论如何他都是泉水的源头,来自于地下深处,甚至于来自更深的火成岩。

他为自己的忧郁和寂寞而哀叹,孤独地行走在使命召唤的小路上。在很多方面他是被放逐的,一个流浪者,绝望迷茫,前途未卜,像那些迷路的人,有时在悲痛中摸索前进,有时拼命地冲破各种阻碍。在他身上,我们看到了一个伟大的人的非比寻常,看到了卓越的独一无二的天才,这样的人可谓百年一遇。他不具有代表性,他之前没有先驱，也不会抛弃身后的追随者。这样的人是孤立的、特别的，像一座孤独耸立的山峰。所有那些属于他的时代和国家的伟大的人和普通人，都将他拒之门外。他们不欢迎他的言论。他是民主政治倾向的巨大的反作用力和回弹。无疑他认为他是这个世界上最孤独的人，并且不断地哀叹他的孤独。他的确是最孤独的人。也许，他的种族和国家造就出的所有伟大的人中，没有一个，像他这样被完全的孤立、隔绝。没有一个像他这样，无法认同同胞的生活与愿景，也无法得到他们的支持。那个时代的文学、宗教、科学、政治对他来说都是面目可憎的。他的精神像"达连湾山峰"一样孤独。他感觉自己在时代的地峡中存活，面对着两种永恒——永恒的过去和永恒的未来。每时每刻他都处在孤独的深渊之中，天生具有悲天悯人的心，但是怜悯他的人却是少数。为了大众的福祉独自前行，但是与他服务的大众之间却没有任何亲密的联系。他将一生都倾注于社会和政治问题，但是到现在还没有找到切实可行的方法。如宗教般虔诚，但是却否定所有崇拜的教义和形式。旧的信仰令他鄙视，新的信仰令他反感。崇尚科学，并全力执行，但是科学必然会推导出的可怕结论又令他退缩。本质上只是一个有着英雄气质的实干家，却被迫成为了一个"作家"，一个抨击民主的民主人士，一个轻视激进主义的激进分子，"一个没有教义的清教徒"。

这些衡量出了他真诚的深度。尽管可以依靠的信心和希望微乎其微，他也从未灰心泄气。他有宗教信徒的虔诚和狂热，但没有信徒那些令人欣慰的信仰。他是一个燃烧着激情的改革家，但没有改革家的明确目标。他有着科学的精神，没有科学的冷静和公正客观。他有着一颗英雄的心，没有英雄的不食人间烟火。他挣扎、苦恼，没有一丝成功的喜悦。他的敌人无形无影并且大多是臆想出的，因而更加可怕而不可战胜。他是真正的孤独，背负沉重的包袱，并且心中充满了"令人绝望的希望"。他的工作，在如此的痛苦和辛劳中完成，也不能使他满意。当他闲下来的时候，心中的魔鬼便会咆哮着折磨他，"工作！工作！"而当他辛苦工作时，那些阻碍，停滞和沮丧又近乎要碾碎他。

他认为自己对人类有着某种特殊的使命，有时和卢瑟的使命感一样确定而真实。他对此的确信无疑只有最坚定的改革家身上才有。他背负着全人类的罪恶，并且必须改善这些罪恶。他想要重建那些逝去的时代——那些崇尚权威的时代，那些英雄领导的时代。但是他对此毫无办法。民主的潮流不可遏制。他像薛西斯鞭笞大海。他还远没有意识到自己真正的使命，他最终要馈赠于我们的是他在寻找英雄的过程中所展现的智慧和理念。如果他无法让我们渴望强者的统治，至少他也让我们爱上了所有男子气概的英雄品质，犹如是他们价值的一种全新启示。他将所有的肤浅和伪善都藏匿在面皮之下。他让所有人更加容易地走向诚实和真挚。他最终的影响和价值是一眼流淌着清新的道德信仰和力量的泉水。那些陈腐的真理永远需要在新鲜的土地上以强有力的、意想不到的方式再次陈述再次运用。他多么完美的重申了它们！真实、诚恳、勇气、正义、刚毅、虔诚——将它们充分熔化锻造成时代的良知。他从牧师的嘴里和传统的神学包裹里取出存在的伟大事实，它们在其中快要变成僵化的木乃伊，而卡莱尔使它们成为活生生的能够呼吸的真实。

卡莱尔也许是这个世界上那些既不能创造也不能毁灭的人之一，他是天外飞来的一颗燃烧的彗星，如果没有自我毁灭，就一定会狠狠砸在地面，并且不会刻意降落在柔软和方便的地方——在他的文学表述中是一颗燃烧着的行星，他的个性和目标却属于一个最真实最不可战胜的人。

"我的世界啊，为了对抗这个人，你已憔悴成了什么模样？你不能用钱财收买他，不能用你的绞刑架和律法惩罚来约束他。他像个幽灵总能逃脱。你不能让他前进，也不能阻止他的前进。惩罚、贫穷、蔑视、侮辱。看着吧，这些对于他反而都是有益的。"

Part 11

大　海

鲸鱼

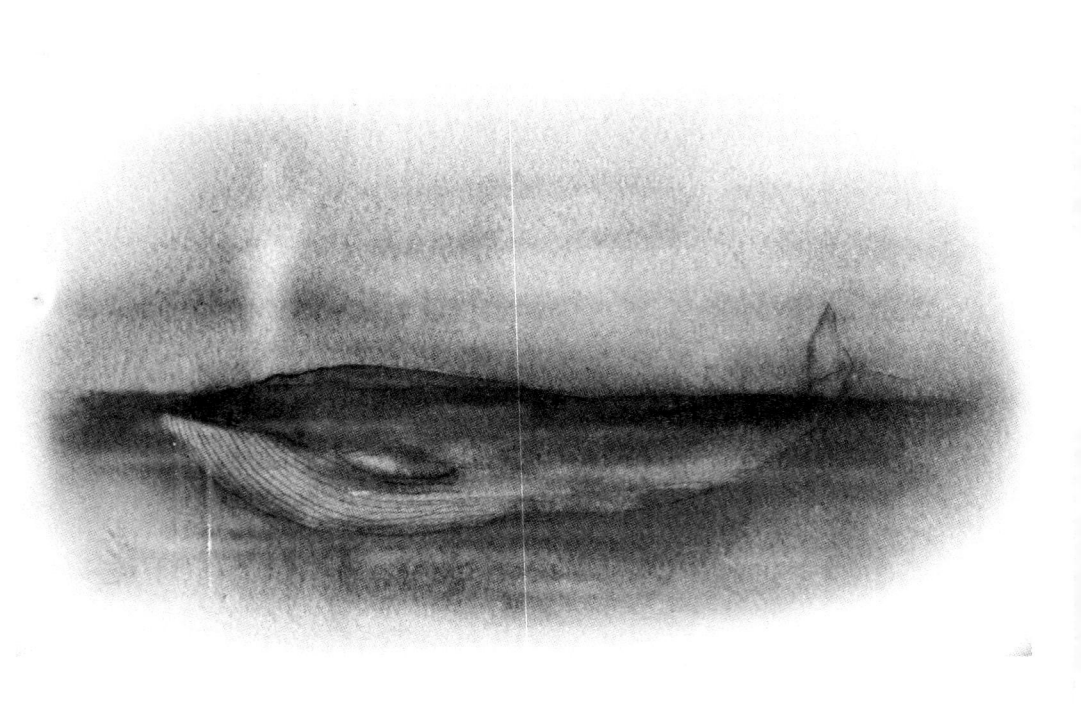

一个人如果没有出过海,那他就不能说他出过远门。在陆地上,人们被群山,森林环绕,又或许或多或少地被地平线所阻挡。但是在海上,人们就会发现仿佛屋顶被掀开了,高墙都被推倒,人们不再是井底之蛙,在地球完全赤裸的脊背上,人们与浩瀚的宇宙之间没有任何阻挡。他仿佛置身于无垠的宇宙之中,向着月球和火星航行。周围萦绕着宇宙的孤独与空虚。唯一的指南和地标就是星辰,地面消失无踪,地平线也不见踪影,只剩下天空的穹顶。船只犁开这冰凉的,玻璃一般的深蓝色液体,那仿佛不是水,是宇宙浓密的以太。人们可以看到被群山藏起来的地球的曲线,可以在更广阔的视野中研究天象。就算是乘坐一艘巨大的飞船贯穿太空,给人们的印象也不过如此。一样的空虚,一样的广阔无垠,一样的压抑。

毋庸置疑,航行在海上对万物的想象远比真实的场景给人的印象深刻。整个世界都被抛诸身后,所有尺寸、等级和距离的标准都已消失不见。没有大小,没有形态,没有视角。宇宙似乎被浓缩成了环绕在船只周围的一圈带褶皱的水,与你一同日夜兼程,似乎是某种魔法将你们捆绑在一起。低矮的天空压迫着你，像一个浅浅的碗底，有时又像是一大片将要落下来的云。你看不到也感受不到巨大而空洞的四周，因为没有什么东西可以用来定义和区分。在海上航行三千英里给人的印象还不如在崎岖的山上行走三英里给人的印象深刻。的确，只有在陆地上才会存在大小、等级、距离和比例这样的概念。横穿大西洋的航行需要经历八到十天的空白。感觉不到在前进，没有什么是固定的，可以参照的。是我们乘坐的蒸汽船在移动，还是大海在后退呢？又或是那纯粹只是我们混乱的大脑出现的幻觉？昨天、今天、明天，你都被"圈禁"在那无名之地。好像船只每日行进的三百或者更多的英里数只是幻想，不是真实发生的。每个夜晚，星星都在船只索具之间的固定位置跳跃、闪耀。每个清晨，太阳都从相同的海浪背后升起，蹒跚着走过那难以揣测的天空。双眼渴望看到有形的实体，想看到那永恒的地平线，想要有一堵高墙立起，撑住天空，让它变成一个有边界的空间。人们很快就会理解为什么水手们会变的富有想象力和迷信，那是他们被封闭于狭窄视野里的反应——命运的圆环包围着他们，压迫着他们，只能通过祈求神灵的庇护来逃避。大海本身，远不及五彩缤纷的陆地能够激起人们的想象力。它看起来是多么的寒冷，多么的无情，多么的乏味。

在海上唯一显得亲切的事物便是云彩，它们是来自家乡的信使。它们出现时也显得疲倦，郁郁寡欢，沿着海平面探出头来，仿佛要找一处山丘或是峰顶歇脚。可是没有什么地方可以作为支撑——没有墙壁的屋顶，没有柱子的空间。看上去，这些疲惫的云彩已经快要晕厥过去，如果它们继续往前走，就会一头扎进海水中。但是当它们下起雨来，却又是另一副嘲笑和讽刺的面孔。人们依稀觉得，云朵可能会尊重海洋，留存住那些不必要的雨水吧？不，它们只是把海洋当作一个池塘、一眼泉水，太无关紧要，不会差别对待。

一个明朗的周日，海面平静得像玻璃，南方的天空中绵延着群山一般的云朵，余下的天空清澈蔚蓝。那些云朵在阳光下发出耀眼的光芒，云的顶端发出的满月般的光束，在水面上形成了一条宽广、洁白、金色的大道！从西南方向来，向东方延长，然后慢慢消失。它们是堆积纠缠的仲夏的云——那是已经偃旗息鼓的雷雨云，风暴的首领卸掉盔甲，换成舒适的平常装束。整日它们都横亘在那里，伴着船只。我们的双眼是多么的迷恋它们千变万化的形状！云层的边缘像海面一样平直，好像栖息于一块肉眼无法察觉的平滑的花岗岩，极其稳固。虽然云层高低起伏，凹凸不平，但没有一处越过了花岗岩的边界。空气几乎静止不动，云朵的表面如同天花板一样平滑。这是好天气的征兆，在海上、陆地上都是如此。人们常常会在山区看到这样的情景，云雾安静的萦绕在群山之巅，在山谷之上，云的边缘平直如海面。也许是因为在这样的好天气中，大气层是均匀分布的，如果由于某些力量的作用，导致层级混乱和变化，那便产生了风暴。

当太阳接近地平线的时候，这些云层中间就会投下巨大的蓝色阴影，相互堆叠，又是一场全新的视觉盛宴。在黄昏之时，云朵呈现出更加亲切而友好的形态。一带长长的紫色不规则云脉从西北的地平线上升起，像极了远处的青山。太阳在他们身后落下，如同在从凯茨基尔山背后，散发出万丈光芒。渐渐地，一片低矮的、树木茂盛的海岸进入视野，但是最后发现那只是一片沉积在水面上的云雾，不论是形态还是轮廓，都是个完美的复制品。你可以清晰地分辨出它与水面交界的地方。我坐在船上，正对着它，任由眼睛欺骗自己。我深陷于这样的景色中不能自拔。感官之于外在，正如梦境和幻想之于内在。对陆地盲目而本能的热爱——直到我面对着那虚幻的海岸臆想，我才知道这样的冲动有多么的强烈。大海的空旷被部分地填满了，即便那只是虚假的影像。大海无情的荒芜被暂时遮掩了，即便仅仅是在某个特定方向。无论在陆地上，还是海洋上，我们都愿意拥抱幻想。即便我知道这个海岸是假的也没有关系。在我转身离去时，依然可以感受到它的亲切。

在夏天，雾气像一大片薄薄的羊毛平铺在大西洋上，我敢说，看起来像极了几英里之外的高地上那一片片的霉菌。海洋深层的寒冷气流上升到了表面，接触到热空气，就形成了这样的雾层。一个人可以在前面远远的望见，它们是那样的低沉，这巨大的蒸汽船在行进的时候也要避免不被淹没，但是似乎没有成功。于是当它进入这片朦胧的海面时，就发出了那沙哑的汽笛声。如果有人在卧铺中打盹儿，或是坐在船舱中读书，那他一定以为我们已经驶入了港口。

这亲切的声音，让我们误以为四周还有其他的船只。但是只有一次，我们沙哑的、重复的呼喊得到了回应。前方浓雾中传来了应答的汽笛声，每个人都竖起了耳朵。我们放慢了引擎速度，又鸣笛数次。过了不久，两艘船便找到了彼此。陌生的船只从右舷驶过，我们只能通过它的汽笛声来判断它的航线。

傍晚时分，当我们接近海岸时，一则消息迅速在甲板上的人群中间传开，在西方的海面上，发现了一座冰山。事实上那高低起伏的轮廓只是在地平线附近的雷雨云罢了。据说已得到船长的证实。很可能船长也支持这样的谣言。疲惫不堪的旅者需要一种新鲜的刺激。每个人都愿意相信那是冰山，还有人对此坚信不疑，拒绝听到任何相反的论证。我们都会相信我们愿意相信的，不论开心还是难过，即使是偏见，我们也会去相信，这样简单的常识，我们不用去到海上也能明白。事实上，只要专注地看一会儿就会发现，这些冰山似乎时时刻刻都在变换形态，一会儿裂开一个新的裂口，一会儿又升起一座尖峰；但是因为相信，我们总能找到合适的理由去解释。冰山在翻滚，或很快的分崩离析。最让人惊讶的莫过于这些受过良好教育的男人和女人，在面对自然现象时接收和判断证据的能力，尤其是在海上。如果船长故意说地平线附近时隐时现的物体只是一群在雾层中玩耍的鲸鱼，那么船上所有的女人和一半的男人都会相信他的话。

五月初我们初次前往英格兰时，赶上了好天气，那是六月份才有的温暖和明媚阳光,这样的天气在距离海滨五六百英里,大不列颠群岛的中心地带会持续大约一周。我们从较低的纬度来到这里,就像在爬一座山,爬到山顶的时候迎来了夏天,而寒冷、慢热的春天被留在山谷中。但是在我们八月初回去的时候,春天和夏天的位置刚好颠倒了。苏格兰寒冷而多雨,在海上连续几天你都无法分清远处的天空和海水,到处都是灰蒙蒙的,弥漫着雾气。在大西洋中部我们遇到了美洲气候。这片浩瀚的大陆沐浴在西边太阳的光芒下,如盛夏一般活力四射,仿佛要将这股热量渗透至海洋的中心。海水蓦的与天空分离开来,像一块锃光瓦亮的钢铁盾牌,天空则像玻璃屋顶。连续四天傍晚,太阳陷落在清晰的海浪里,但有的时候,太阳看起来似乎要融化了一般,与海水混为一体。某个晚上,一层薄雾似乎要阻挡太阳下沉的脚步,它徘徊良久,一部分埋进了雾里,然后慢慢地消失于雾气的裂缝之中,发出耀眼的红光,但很快便只剩下一条红色的细线。

我们接近美国时,气候变得越发炎热。仿佛我们正从凉爽的山丘下到炽热的山谷。周围的海域如一块弯曲的玻璃,延伸到远处缓慢起伏的大洋之上。水面上到处是享受日光浴的旗鱼,懒洋洋的,都不愿意避开船只。

"空气静止不动,在平整的海面上,
　皮肤光洁的潘诺佩和她的姐妹们在嬉戏。"

有时会有鲸鱼喷出水柱,或者展示它闪亮的后背,吸引一大群人去栏杆边围观。有一天清晨，一只鲸鱼故意钻入离船只几百码以外的轨道中。

但是动物界中最美的景观，还要数这些炎热日子里时常看到的海豚，它们在水面上跳跃、炫耀，显然是在与船只比赛。它们会成双成对地从蒸汽船掀起的海浪中一跃而起，继而钻入另一波海浪中，摆动着尾巴，使劲浑身解数不被船只碰到。它们像极了夏日里草地上嬉戏的小鹿或是牛犊。在这无情的大海上，这是唯一可以让人感到快乐与青春气息的景象了。原始和孤寂是大海最贴切的形容词。海鸟发出怪异而哀伤的叫声，听上去似乎注定要永远的孤独下去。但是这些海豚有自己的领地，彼此是亲密的伙伴。它们冲出海浪的瞬间，像是校门口放学时的情景：男孩子们走出来，蹦蹦跳跳地边走边笑，发现被我们赶超了，就对同伴们呼喊着："为了种族的荣誉！奔跑吧！我们定可以战胜他们！"

在夜晚，人们可以借助群星发现船只行驶过程中的变化。几乎连续一周，金星都会远远地坠入我们背面的大海。我们回家的航线是西南偏南的方向。晚上，如果你在甲板上散步，你会欣喜地看到，金星在船只索具的正前方出现了。说明我们这只船转弯了，它嗅到了纽约港的气息，正径直朝那里驶去，而新英格兰在他的右侧渐行渐远。现在，船帆和烟囱出现了。所有航线在这里汇合：全装帆船上堆满了帆布从我们面前经过，在光滑的水面上摇晃。船帆从海平面上露出来，像一只没有外壳的幽灵船。到处都是蒸汽机里冒出的黑烟，天空也变得灰暗。我们驶过那些昨天才刚刚驶离纽约港的蒸汽船，其中一个叫"罗马城号"——有三个烟囱和巨大的船体，像两艘蒸汽船的合体——沿着南面的地平线缓慢行驶，即将消失在地平线之后。现在它处在一片巨大的云彩的反光里，如满月在海面上形成的明亮的投影，然后，它便驶入了远处相对昏暗的水域，我们则驶过这片热带水域，全速前进，刚好在第二天一大早赶上了涨潮，驶过了一片沙洲并离开桑迪岬，没有逗留片刻。